KB271423

氷魔傳說
빙마전설

빙마전설 2

요도 김남재 新무협 판타지 소설

초판 1쇄 찍은 날 § 2006년 12월 19일
초판 1쇄 펴낸 날 § 2006년 12월 29일

지은이 § 요도 김남재
펴낸이 § 서경석

편집장 § 문혜영
편집책임 § 서지현
편집 § 심재영

펴낸곳 § 도서출판 청어람
등록번호 § 제1081-1-89호
등록일자 § 1999. 5. 31
어람번호 § 제2-1085호

주소 § 경기도 부천시 원미구 심곡1동 350-1 남성B/D 3F (우) 420-011
전화 § 032-656-4452 팩스 § 032-656-4453
http://www.chungeoram.com
E-mail § eoram99@chollian.net

ISBN 89-251-0463-6 04810
ISBN 89-251-0461-X (세트)

氷魔傳說

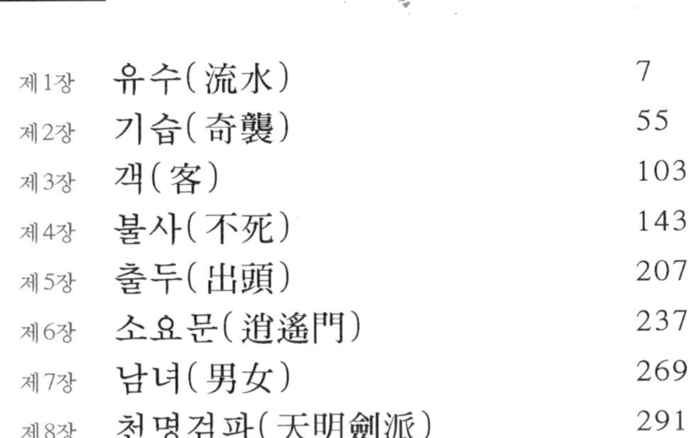

목차

제1장	유수（流水）	7
제2장	기습（奇襲）	55
제3장	객（客）	103
제4장	불사（不死）	143
제5장	출두（出頭）	207
제6장	소요문（逍遙門）	237
제7장	남녀（男女）	269
제8장	천명검파（天明劍派）	291

第一章

유수(流水)

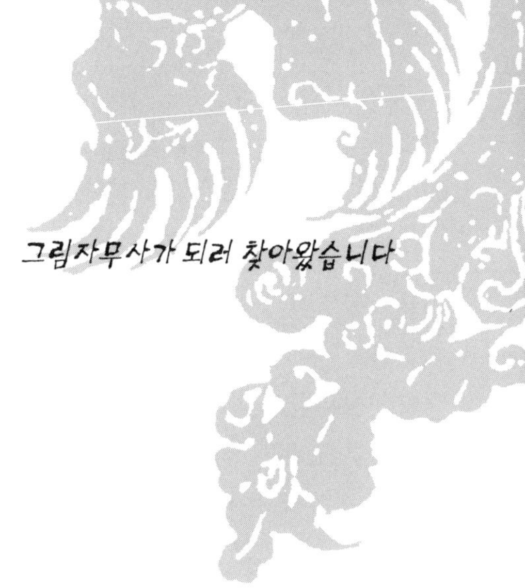

설군표의 앞에 선 귀혼각 각주 임취봉의 표정은 숨길 수 없는 불만으로 가득했다.

바로 설무린 때문이었다.

임취봉은 불편한 표정으로 이야기를 써냈다.

"소궁주님의 행동을 이해할 수기 없습니다. 대체 왜……."

그가 그토록 성을 내는 것은 오늘 있었던 기습 때문이리라.

혹시나 하는 마음에 설수진이 나서는 길에 설무린을 비밀스럽게 동행시켰다. 그리고 설군표의 생각은 절묘하게 맞아떨어져 괴한들이 마차를 기습한 것이다.

귀혼각(鬼魂閣)의 무인들인 것을 알면서도 달려들었다. 그리고 귀혼살마진을 알기까지 했단다.

내부에 동조자가 있다는 말이다. 또 그건 이미 설군표조차 예상했던 바다.

문제는 설무린.

설무린이 있었다면 다 잡아서 데리고 오는 것이 가능할 거라고 생각했는데… 오히려 그가 사고를 쳐버렸다.

설무린이 나타나는 순간 그들은 싸울 의사를 포기하고 그대로 도주를 선택했다고 한다. 그렇다고 해도 설무린 정도라면 능히 몇 놈을 제압하고도 남았을 게다.

앞장서서 괴한들을 잡았어야 할 설무린이 오히려 뒤를 쫓으려는 귀혼각의 자들을 말렸다.

어떻게든 그들을 잡아야 한다고 생각했던 임취봉이 불만스러운 표정을 짓고 있는 건 어쩔 수 없다.

처음에는 설군표 또한 설무린의 행동에 의구심을 가졌다. 하지만 이내 그가 어떠한 생각으로 그러한 일을 벌였는지 감을 잡았다.

설군표가 딱 부러지게 말했다.

"아니, 옳은 판단을 했어."

"그게 무슨 말이십니까?"

임취봉은 설군표가 설무린의 판단에 동의하자 내심 놀란 눈치였다. 그가 자식이라고 해서 편을 드는 팔불출이 아님을 모를 임취봉이 아니다.

설군표는 호랑이다.

새끼를 절벽 아래로 떨어뜨렸으면 떨어뜨렸지 품 안에서 기를 사내가 아니다.

그리고 그러한 호랑이의 자식으로 태어난 설무린…….

두 부자는 북해빙궁 내에서도 꽤나 닮았기로 유명하다. 물론 둘 앞에서는 절대로 그러한 말을 꺼내지는 않지만 말이다.

아마 그런 말을 입 밖으로 꺼내는 순간 바로 강한 반발이 터져 나올 것이다.

설군표는 설무린의 생각을 읽어냈다.

"그 괴한들을 꼬리로 본 게야. 머리통을 단숨에 휘어잡으려고 했던 거지. 이렇게."

설군표는 손으로 무엇인가를 잡아채는 흉내를 낸다.

그제야 임취봉은 그가 무슨 말을 하려고 했는지 알아차렸다. 꼬리가 아닌 머리를 잡기 위해 오히려 놈들을 놓아준 것이라는 거다.

오는 내내 설무린에게 투덜거렸지만 그는 단 한 마디도 자신의 생각에 대해 이야기하지 않았다.

속내를 알 수 없는 사내…….

북해동에서 설풍수라마검을 익힌 설무린은 그곳에 들어섰을 때와는 완전히 다른 사내가 되어 나타났다. 그리고 그로부터 사 년이라는 시간도 흘렀다.

북해빙궁 내의 비슷한 연배에서는 도저히 상대할 적수가

없는 인물이 되어버렸다.

귀혼각 각주 임취봉도 북해빙궁 내에서는 제법 알아주는 자이지만 설무린에 비해서는 모든 면에서 몇 수 아래다.

설군표는 자신의 생각을 용케도 알고 있는 설무린을 생각하면서 자신도 모르게 나지막하게 중얼거렸다.

"영악하기 그지없는 놈."

"예?"

"아니, 자네에게 한 말이 아니야. 어쨌든 수고했네."

"그럼 이만 물러가겠습니다."

"그래."

임취봉이 물러갔지만 설군표는 여전히 의자에 앉아 상념에 잠겼다.

설무린은 아무런 말도 하지 않았음에도 불구하고 자신의 속내를 알고 있다.

아주 오래전부터 북해빙궁 내부에는 문제가 있었다.

무엇인가가 조금씩 어긋나 있다는 것만 알아차렸을 뿐 정확한 것은 아직 알아내지 못했다.

하지만 놈들이 원하는 것은 안다.

놈들은 아주 꼭꼭 숨어 있다. 꽤나 오랜 시간이 흐른 지금까지도 단서를 잡지 못한 것을 보면 그들이 얼마나 은밀하게 행동하는지 알 수 있었다.

설군표는 설무린에게 단 한 번도 이러한 북해빙궁의 이야기를 한 적이 없었다.

문제는 스스로가 그러한 사실을 알아차렸다는 거다.

그리고 최근 들어서는 설수진도 뭔가 이상하다고 생각하는 모양이다.

영특한 아이들이다.

"슬슬 시간이 된 것 같군."

설군표가 천장을 올려다보면서 중얼거렸다.

예상했던 시간이 벌써 다가왔음을 그는 몸으로 느끼고 있는 중이었다.

죽은 듯이 몸을 숨기고 있던 자들이 조금씩 움직이고 있었다.

그 말은 곧 그들이 본격적으로 움직일 기회를 찾고 있다는 소리이기도 하다.

어둠 속에 있는 그들이 본격적으로 움직이기 위해서는 하나의 조건이 성립되어야 한다.

그건 바로 설군표의 죽음.

설군표를 죽이지 못한다면 북해빙궁은 무너지지 않는다.

거대한 힘을 지녔을 게 분명함에도 불구하고 여태까지 죽은 듯이 지내왔던 것 모두 설군표가 살아 있기 때문일 게다.

만약 그를 죽이기 위해 움직인다면 그만큼 필살의 계책이 섰을 거라는 걸 의미한다.

그러한 사실을 누구보다 잘 아는 설군표이지만 얼굴에는

여유가 넘친다.

두렵지 않다. 아니, 오히려 기다리고 있다.

'언제 올 것이냐.'

언제라도 좋다. 어떠한 술수를 써도 좋다.

'쉽게 죽어주지는 않는다.'

그것이 바로 북해빙궁의 궁주 설군표가 해야 할 일이었다.

매여령의 방에서 걸어나온 남매의 표정은 판이하게 달랐다.

어머니인 그녀는 기습이 있었다는 말에 사색이 되어 둘을 찾았던 것이다.

간신히 진정을 시키기는 했지만…….

지친 표정으로 한숨을 내쉬는 설무린을 설수진이 재미있다는 눈으로 바라봤다.

그런 그녀의 시선을 느꼈는지 설무린이 물었다.

"왜 그렇게 쳐다봐?"

"아니, 다른 사람들 앞에서의 오라버니하고 너무 달라서."

평소의 설무린은 누구 앞에서나 당당하다.

시비가 붙어도 지는 일이 없고, 그 누구도 그와 싸우고 싶어하지 않을 정도로 독하다.

그런 설무린도 유독 매여령 앞에서는 힘을 발휘하지 못한다. 그녀 특유의 독특한 분위기 탓이리라.

그가 고개를 돌렸다.

"놀리는 거라면 사양하지."

"놀리다니. 생명의 은인인 오라버니한테 그럴 리가 없잖아?"

설수진이 웃으면서 대꾸했다. 설무린은 피곤하다는 표정으로 입을 열었다.

"어쨌든 난 이만 가서 쉬마."

"알았어."

설수진이 옆으로 비켜서자 설무린은 자신의 방으로 걸어가기 시작했다.

그의 머릿속에는 오늘 있었던 일전으로 가득했다.

갑작스럽게 나타난 그들의 숫자는 대략 이십 명에 달했다. 그들 모두가 고수들이었다.

하기야 북해빙궁의 소궁녀인 설수진을 잡으려고 한 자들이다. 어수룩한 자들을 보냈을 턱이 없다.

'제법 하는 놈들이었어. 혼자서 그들 진제를 상내하려면 고생깨나 했겠군.'

오늘 만났던 괴한들의 정체는 알 수가 없다. 하지만 그들의 실력까지 모르는 건 아니다. 만약 귀혼각의 무인들이 없고 혼자였다면 골머리깨나 썩었을 정도의 자들이었다.

더군다나 우두머리로 보였던 자는 제법 상대하기 까다로워 보였다.

'아직 멀었어.'

일류이거나 절정의 경지에 들어선 자들로 구성된 괴한들이었다. 그들을 동시에 상대할 정도라는 말은 이미 설무린이 초절정의 반열에 들어섰다는 소리다.

북해빙궁 내에서도 그토록 많은 고수들과 싸워서 승리를 장담할 만한 자가 얼마나 되겠는가?

그리고 실제로 설무린이 나타나는 순간 괴한들의 움직임이 굳어졌다.

그런데도… 만족이 되지 않는다.

세월이 흘러 많은 것이 변했다.

키도 훌쩍 컸고, 이제는 이십대 중반의 나이가 되었다. 혼사를 치르기에도 전혀 부족할 것이 없는 어엿한 장부(丈夫)가 되어버렸다.

그렇지만 만족하지 않는 점은 변하지 않았다.

그것이 지금의 설무린이 있게 만든 것이기도 했겠지만 말이다.

오늘 만났던 자들에 대한 생각에 빠진 채로 설무린은 장원을 지나 자신의 거처에 도착했다.

조그마한 담에 둘러싸여져 있는 곳으로 허락받지 않은 자들은 함부로 들어올 수 없다.

익숙한 걸음걸이로 자신의 방 앞까지 도착한 설무린이 문고리에 손을 가져다 댔다.

막 문을 열려던 그가 멈칫했다.

“…….”

온기(溫氣).

반나절에 가까운 시간을 비워놨거늘 손잡이에서 미약하기는 하지만 온기가 느껴졌다.

누군가가 들어왔다가 나갔다는 소리다.

‘어쩌면 안에 있을지도 모르는 일이지.’

알면서도 설무린은 문을 열었다.

그가 자신의 방 안으로 성큼 들어섰다. 안으로 들어선 설무린은 정면에 보이는 누군가를 발견했다.

상대는 숨어 있지 않았다.

문을 열자마자 보이는 곳에 누군가가 등을 보인 채로 서 있었다.

윤기가 흐르는 검은색 긴 머리카락이 가장 먼저 눈에 들어온다.

아담한 체형으로 보아 여인인 것이 분명한데…….

살기도 느껴지지 않는다.

‘살수가 아닌가?’

그렇다고 해도 이상하다.

이러한 시간에 설무린의 거처를 찾을 여인이 있을 리가 없다. 더군다나 뒷모습이 결코 눈에 익지도 않다.

그때 몸을 돌리고 있던 정체불명의 여인이 고개를 돌렸다.

흑단 같은 머리카락이 흔들리며 몸을 돌린 여인의 하얀 얼굴이 눈에 들어왔다.

투명한 검은색 눈동자가 설무린을 응시했다.

대단한 미녀다.

단숨에 사람을 빠져들게 만드는 흑요석(黑曜石) 같은 검은색 눈동자, 너무나 하얗고 아름다운 외모는 사내에게 보호하고 싶은 욕구를 불러일으키게 만든다.

꽉 안으면 부서질 것 같은 허리와 늘씬하게 뻗은 팔과 다리.

북해빙궁 최고의 미녀라고 불리는 설수진에 비해서도 결코 부족할 것이 없는 여인이다.

'어디선가 본 적이 있는데……'

설수진에 버금가는 미녀를 본 기억은 없는데 왠지 낯이 익다는 생각이 머리를 스치고 지나간다.

그때 설무린과 마주 선 여인의 입이 열렸다.

"당신의 그림자무사가 되기 위해 왔습니다."

그림자무사가 되겠다는 그 한마디에 설무린의 머릿속에 번개처럼 스치는 한 여인이 있었다.

설무린의 기억 속에 있던 한 어린 소녀의 얼굴이 눈앞에 있는 여인으로 변했다.

하지만 오히려 그랬기에 더욱 믿을 수가 없었다. 어떻게 지금 그녀가 이곳에 있을 수 있단 말인가.

설무린은 놀란 감정을 숨기지 못하고 물었다.

"북설?"

"예."

수줍음 많던 소녀는 어느덧 성숙한 여인이 되어버렸다. 예전에는 아직 피지 못한 아름다움을 간직하고 있었다면 지금은 활짝 만개한 꽃을 연상케 한다.

'어떻게 된 일이지?'

북설은 이곳에 있어서는 안 된다. 그녀는 북해동에 있어야 한다.

물론 북설이 그림자무사가 되려 한다는 건 알고 있었다. 하지만 아무도 북해동을 찾아가지 않은 지금 그 누가 그녀를 그곳에서 꺼내주었단 말인가.

더군다나 북해가 있다.

북해는 말했다, 자신이 북설을 막아보겠다고.

그래도 만약 북설이 설무린 자신을 찾아온다면 그때는 받아주라고. 약조를 했지만 너무나 갑작스럽다.

가만히 서서 그녀를 바라보던 설무린이 입을 열었다.

"북해동에서 어떻게 나왔지?"

"북해동에 유일하게 햇빛이 비치는 곳이 있던 건 기억하십니까?"

낮으면서도 부드러운 여인의 목소리.

설무린의 머릿속에 폭포수 아래에서 검을 휘두르던 북설

의 모습이 떠올랐다. 그곳은 북해동에서 유일하게 태양이 비치는 곳이었다.

기억나지 않을 리가 없다.

설무린이 그곳의 정경을 머리에 그리며 반문했다.

"폭포가 있는 곳?"

"그곳을 통해서 나왔습니다."

북해동 천장의 높이는 보통이 아니었다.

아무리 경공이 뛰어나다고 해도 뛰어넘는다는 것은 무리일 정도였다.

설무린이 의문을 품는 순간 북설이 말했다.

"아버지가 아시는 길이 있었습니다."

"북해가 너를 보내줬다는 소리로군."

"예."

혹시나 하던 것이 현실이 되어버렸다.

지금 눈앞에 있는 북설은 북해에게 인정을 받고 그곳에서 나온 것일 게다.

차가운 물속에서 검을 휘두르던 북설을 안타깝게 바라보던 그의 눈빛이 불현듯 떠오른다. 그는 결코 그녀가 그림자무사가 되기를 원치 않았다.

그런데 그가 이렇게 내보내 줬다는 것은 북설의 무공이 북해의 결심을 뒤흔들 정도라는 소리다.

이야기를 듣기는 했지만 정말로 이렇게 그림자무사가 되

겠다고 찾아올 줄은 몰랐다. 그랬기에 설무린은 내심 당황할 수밖에 없었다.

누군가를 수하로 둔다는 것은 단 한 번도 생각해 본 적이 없기에.

더군다나 그림자무사가 되겠다고 찾아온 건 사내도 아닌 여인이다. 그것도 북해에서 가장 아름답다는 설수진에 견주어도 전혀 부족한 게 없을 정도의 미녀.

'귀찮게 되어버렸군.'

설무린은 망설였다.

그림자무사는 단순한 호위무사가 아니다.

중요한 순간에는 설무린의 모습을 대신하고 화살을 받는 것이 바로 그림자무사의 역할이다. 항시 옆에 붙어 있고, 자신의 인생을 포기해야만 한다.

지금 북해빙궁의 상황은 그리 좋지만은 않다.

설무린의 그림자무사가 된다면 열에 아홉은 죽는다고 봐야 옳다.

북해의 딸인 북설을 죽게 만들면 그를 볼 면목이 없나.

그때 가만히 고개를 숙이고 있던 북설이 다시금 입을 열었다.

"아버지께서 전해달라는 말이 있었습니다."

"북해가?"

"아버지는 약조를 지키지 못했다고. 하지만 소궁주님께서는 약조를 지켜주실 거라 믿는다고.”

설무린은 자신 앞에 서 있는 북설의 얼굴을 바라봤다.

예전이었다면 당장이라도 고개를 돌렸을 그녀이거늘 이제는 시선을 돌리지 않는다.

커버린 그녀의 모습에서 언뜻 북해의 모습이 스치고 지나간다. 그의 마음 또한 편치는 않았을 게다.

어떻게든 북설이 그림자무사가 되지 않게 하겠다고 호언장담을 했던 그다.

그가 지키지 못했다는 약조는 바로 그것이다.

그리고 설무린이 지켜줘야 할 약조는 북설을 받아달라고 했던 북해의 부탁이다.

설무린은 한숨을 내쉬었다.

약조를 했다.

반드시 지키겠다던 약조.

설무린의 마음이 흔들리기는 했지만 아직 채 결정을 내리지 못했다. 그를 위해서라면 오히려 내치는 것이 나을지도 모른다는 생각이 들어서다.

그때 북설이 다시금 입을 열었다.

“그리고 보내주신 술은 잘 마셨다고 전해달라 하셨습니다.”

“망할…….”

전혀 상관없는 말인데도 불구하고 그 한마디에 갑작스럽

게 마음이 뒤흔들렸다.

북해라는 사람은 세월이 지나도 설무린에게는 신비하게 기억되는 자였다.

어떻게 그 오랜 시간이 지난 지금까지 이토록 그를 흔들리게 할 수 있는지…….

일 년도 채 되지 않는 시간이다.

그 시간 동안 설무린과 북해는 나이를 뛰어넘는 우정을 나누었다.

그와 마신 술은 비록 싸구려 화주에 불과했지만 설무린의 인생에서 가장 달았던 술이다.

머리가 복잡했지만 설무린은 고개를 끄덕인다.

다른 것은 다 생각 안 하기로 했다. 그저 우선 그와의 약속을 지키는 것을 우선시하기로 한 것이다.

"…그림자무사로 받아주도록 하지."

그가 승낙하기가 무섭게 북설이 무릎을 꿇었다. 그리고 채 설무린이 말리기두 전에 조그미힌 소도로 연약해 보이는 자신의 한쪽 팔목을 그었다.

스윽!

피가 배어 나온다.

상처에서 흘러나오기 시작한 피가 땅으로 뚝뚝 떨어지기 시작했다.

설무린이 눈을 찌푸리면서 말했다.

“무슨 짓이야?”

“그림자무사의 예입니다.”

북설이 눈을 감았다.

그녀의 입이 열렸다.

“그 어떠한 일이 있더라도… 소궁주님보다 늦게 숨을 거두
지 않겠습니다.”

그림자무사는 주인을 대신해서 죽어야 하는 자.

그림자가 될 수는 있지만 본인의 모습을 가질 수 없는 불행
한 사람들이다.

지금 북설은 설무린보다 반드시 먼저 죽겠다는 걸 약조하
고 있는 것이다.

그리 썩 유쾌하지는 않았지만…….

설무린은 자신의 옷소매를 잡아당겨 찢더니 그것을 무릎
을 꿇고 있는 북설의 손에 쥐어줬다.

그녀가 고개를 들어 설무린을 올려다본다. 커다란 눈망울
이 설무린의 눈 속에 가득 들어온다.

“닦아. 내 사람의 피를 보는 건 좋아하지 않으니까. 앞으로
이런 멍청한 짓을 한다면 가만두지 않을 테니 알아두도록
해.”

“알겠습니다.”

북설은 자신의 손목의 상처를 감싸며 자리에서 일어났다.
그때 그녀를 바라보던 설무린이 입을 열었다.

"넌 죽지 않을 거다. 난 그 누구에게도 죽어줄 생각이 없으니까."

다른 이도 아닌 북해의 딸이다. 어떻게 해서든 그녀를 죽게 할 생각은 없었다.

말을 마친 설무린은 눈앞에 있는 그녀를 바라봤다. 멀뚱히 서 있는 북설을 보며 그는 골치가 아파오기 시작했다.

여러 가지 걸리는 것이 많다.

대체 주변 사람들에게 이 여인에 대해서 어떻게 설명해야 할지…….

설무린이 북설에게 말했다.

"우선은 가서 쉬고 있어. 시비를 불러 방을 내줄 테니까 내가 연락을 취하면……."

"그림자무사가 있어야 할 곳은 그런 곳이 아닙니다."

북설이 갑작스럽게 창문을 열더니 그대로 솟구쳐 오른다. 그녀의 기척이 순식간에 사라진다.

대단한 은신술.

다른 건 몰라도 기척을 감추는 것만큼은 실무린보다 한 수 위라는 확신이 든다.

한참을 가만히 서 있던 설무린의 시선이 천장으로 향했다.

지붕 위다.

지금 북설은 지붕에 엎드린 채로 숨을 죽이고 있었다. 아마 설무린이 움직이지 않는 이상 그녀 또한 몇 시진이든 그곳에서 미동도 하지 않을 게다.

　설무린은 북설에게 무슨 말을 하려다가 그냥 침상에 걸터앉았다.

　잠시 잊고 있었다, 북설이 누구의 피를 타고났는지.

　북해는 자신이 판단한 것만큼은 그 어떠한 일이 있어도 지키고야 마는 사내였다.

　북설이 그리 마음먹었다면 설무린이 무슨 말을 한다 해도 듣지 않을 게다.

　침상에 앉은 그는 너무나도 변한 북설의 모습을 떠올렸다.

　그녀는 강해졌다.

　북설에게서는 무인의 기운이 느껴지지 않는다. 그만큼 자신의 힘을 안으로 갈무리할 수 있는 경지에 들어섰다는 소리다.

　북해에게 무공을 배웠으니 강해지지 않았다면 그게 오히려 더 이상할지도 모른다.

　거기다가 북해는 북설을 막지 못했다.

　대체 둘 사이에 무슨 일이 있었을지 궁금증이 치밀어 오른다. 하지만 그 진실을 알 수 없는 법이다.

　조그마한 집 안에는 적막이 감돈다.

　그리고 한 중년의 사내가 앉아 홀로 술잔을 기울이고 있었다. 사 년가량을 입에 술을 대지 않았다.

사내가 떠난 그날 이후로 단 한 번도 그는 술을 마시지 않았던 것이다.

외로이 술을 마시는 것은 바로 북해였다.

북해동에는 술이 없었다. 물론 그것은 옛날의 이야기다. 설무린은 약속을 지켰다.

술뿐만이 아니다.

음식을 비롯한 많은 생필품이 예전과는 비교도 할 수 없이 쏟아져 들어온다.

바깥에 있는 사람의 입장에서는 아무것도 아닌 일일지 모르겠지만 설족 사람들에게는 아니다.

그들은 진정으로 설무린의 은혜에 감복하고 있었다.

화주와는 비교도 되지 않는 좋은 술들도 쏟아져 들어왔지만 북해는 술을 마시지 않았다.

그 어떠한 술을 마신다 해도 설무린과 마셨던 그 마지막처럼 달지는 않을 게다. 그 술 맛을 잊지 않기 위해 북해는 술을 입에 대지 않았던 것이다.

그렇지만 오늘은 조금 다르다. 북해는 마시지 않던 술을 잔뜩 꺼내놓고 홀로 자리하고 있었다.

또 지금 그의 앞에 있는 술은 싸구려 술인 화주다.

독하디독한 화주를 병째 꿀꺽꿀꺽 마셔 버리고 있는데도 도저히 취하지를 않는다.

그가 술병을 내려놓았다.

‘후후, 잡지 못했어. 지금쯤 소궁주님을 뵈었겠군.’

지금 북해가 이처럼 술을 마시는 것은 바로 북설 때문이었다. 잡아두려고 했지만 그러지 못했다.

지금쯤 그녀는 북해가 그토록 걱정하던 그림자무사가 되었을 게다.

설무린이었다면 약속을 지켰을 것이 분명하다.

그는 그런 사내이니까.

사소한 약속 하나도 반드시 지키는 자니까 말이다.

아버지인 이상 죽음을 언제나 등 뒤에 달고 살아야 하는 그림자무사가 되는 것이 탐탁지 않은 것이 사실이다.

그런데 술 맛이 쓰지만은 않다.

‘그 녀석… 많이 강해졌어.’

북설의 무공을 맞서는 순간 북해는 상당히 놀랐다. 그녀가 북해에게 시험을 받은 것은 불과 한 달 전이다.

“아버지.”

잠시 잠을 자고 있던 북해가 자리에서 일어났다.

북설의 옷차림을 보자마자 북해는 그녀가 찾아온 이유를 알아차렸다.

이 시간에 북설이 집에 있는 건 오 년 전에나 있던 일이다. 무공을 익힌 이후 그녀는 이렇게 이른 시간에 집에 돌아오지 않았다. 자신의 딸에게 이런 지독한 면이 있었나 내심 놀랄 정도였다.

북해가 잠시 멈칫하다가 침상에서 일어났다.

그는 아무것도 모른다는 듯이 기지개를 켰다.

북해는 긴 하품을 했다.

"무슨 일이냐?"

"아시잖아요."

"뭘 안다는 게야. 갑자기 자는 사람을 깨워놓더니……."

"아버지."

그녀가 지그시 북해를 바라본다.

시치미를 뚝 떼던 그는 어쩔 수 없다는 듯이 고개를 절레절레 흔든다.

수줍음 많던 녀석이 이제는 제법 사람을 몰아세울 줄도 안다.

설무린과 처음 만났을 때의 그녀는 열여섯밖에 되지 않은 소녀였다. 그렇지만 지금은 아니다.

지금의 북설은 스무 살이 넘은 여인이 되어버렸다.

미인이 많은 설족 여인들 중에서도 단연 두각을 드러낼 정도로 미모 또한 빼어났다.

눈에 넣어도 아프지 않을 자식. 그렇지만 그 아이는 지금 그림자무사가 되어 목숨을 버리려 하고 있었다.

"…나가겠다는 게냐?"

"전에 말씀드렸잖아요. 소궁주님을 찾아뵙고 그림자무사

가 되고 싶어요."

"그림자무사는 죽을 수밖에 없는 자들이다."

"아버지는 죽지 않으셨잖아요."

"그거야 나는……."

북해는 말을 끝마치지 못했다. 그녀의 말대로 북해는 아직 살아 있다. 물론 지금 살아 있다고 해서 며칠 후에도 살아 있을 거라는 자신은 할 수 없지만.

아직 북해의 임무는 끝나지 않았다.

아니, 그의 임무는 평생이 가도 끝나지 않을지도 모른다.

"솔직히 난 네가 그림자무사가 되기를 원하지 않아. 그리고 또 너에게 그만한 능력이 된다고도 생각하지 않는다."

북해가 단도직입적으로 말했다.

솔직히 말해 그녀의 재능은 대단하다.

마음 같아서는 역시 자신의 딸이라고 자랑하고 다니고 싶을 정도로 빼어난 재능이었다. 그렇지만 이러한 상황에서 그런 칭찬을 할 수는 없는 일 아닌가.

실제로 무공을 가르치면서도 북해는 단 한 번도 북설을 칭찬하지 않았다.

대단한 재능이지만 그림자무사가 되는 걸 원하지 않는다.

북설은 망설이지 않고 입을 열었다.

"시험해 보실래요?"

"그러지."

어차피 이러한 일이 벌어질 거라고 생각해 두었다. 거의 오 년을 단 하루도 거르지 않고 미친 듯이 무공을 파헤친 그녀다. 겨우 이 정도의 설득으로 마음을 돌릴 거라고는 생각하지 않았다.

한 번 꺾여도 다시 달려들 게다.

한 번, 두 번…… 그것이 열 번이 되고 스무 번이 되면서 시간이 흐르면 결국 포기할 수밖에 없다.

북해는 북설이 평범한 사내와 결혼해서 평화로운 가정을 꾸리는 것을 원했다.

북설은 아무런 말도 없이 집을 벗어나 북해동 어딘가로 향했다. 그녀의 뒤에 바짝 붙은 북해 또한 단 한 마디도 하지 않았다. 머릿속으로 많은 생각이 오갔다.

북설의 고생을 모르는 바가 아니다.

그 고왔던 손이 이제는 하루도 놓지 않은 검 때문에 물집이 잡혀 버렸다.

다른 일이었다면 승낙했을지도 모른다. 하지만 그림자무사에 대해서는 누구보다 잘 아는 북해다.

그림자무사의 길을 걷는다는 건 너무나 괴롭고 외로운 일이다.

북설을 따라가던 북해가 걸음을 멈추더니 그녀를 불러 세웠다.

"설아."

앞장서서 가던 북설이 고개를 돌려 그를 바라봤다. 북해가 그녀를 응시하면서 천천히 발을 옮긴다.

"그림자무사는 주인을 대신해서 죽어야 한다. 그러기 위해서는 중요한 순간에 그 주인과 같은 모습을 해서 상대를 속여야 하지. 괜히 그림자라 불리는 게 아니야. 그림자무사가 기본적으로 펼칠 수 있어야 하는 것이 바로 역용술(易容術)이다."

인피면구를 이용해 얼굴을 바꿀 수는 있다. 하지만 체형까지 바꾸는 것은 어렵다.

설무린과 북설의 체형은 맞지 않는다. 사내와 여인이니 골격도 일치하지 않는다.

"인피면구는 시간이 많이 들어. 위급한 순간에는 제 위력을 발휘하지 못하지."

말을 마친 북해가 북설을 향해 한 걸음씩 다가가기 시작한다. 그저 그의 움직임을 바라보던 그녀의 눈이 갑자기 커졌다. 한 걸음씩 다가갈 때마다 북해의 모습이 놀랍도록 바뀐 때문이다.

키도 커지고 피부도 점점 하얗게 변한다.

그리고 마침내 북해가 멈추어 섰을 때 그녀의 앞에는 오래전에 북해동을 떠난 한 사내가 있었다.

설무린.

그의 모습이다.

자신을 보고 놀라는 북설을 보며 그가 나지막한 목소리로
말했다.

"흑영칠보역용술(黑影七步易容術)이다."

"대단해요……. 목소리까지 똑같으니 정말로 그분이 돌아
온 것 같아요."

변한 것은 겉모습뿐만이 아니다. 목소리까지도 설무린의
그것과 거의 흡사하다.

북해는 이내 같은 걸음걸이로 뒤로 걸었다. 그러자 설무린
의 모습이 사라지며 원래의 그가 점점 나타났다.

"절정의 고수라면 알아차릴 수 있을지도 모르지만 적당한
거리만 둔다면 그 누구도 알아차리지 못하지. 이것이 바로 우
리 가문에 내려지는 흑영칠보역용술. 일곱 걸음 만에 몸의 모
든 것을 변화시키는 역용술이다."

말을 마친 북해는 멀리서 자신을 바라보는 북설을 향해 물
었다.

"할 수 있겠느냐?"

"지금 당장이요?"

"아니, 넌 역용술을 익히지 않았으니 단숨에는 무리지. 이
틀을 주지. 이틀 만에 성공해 봐. 칠 보까지는 바라지도 않아.
십이 보, 십이 보 안에 해내봐."

역용술의 고수라고 해도 십이 보 만에 자신의 모습을 이렇
게 바꾼다는 것은 무리다. 그리고 그것을 단 이틀이라는 짧은

기간을 준 것이다.

말을 마친 북해는 그대로 흑영칠보역용술의 구결을 읊어주었다.

구결에 대한 말이 끝나기가 무섭게 북설이 갑자기 걸음을 옮기며 북해에게 다가오기 시작했다.

아무런 생각도 하지 않던 북해의 표정이 딱딱하게 굳어졌다.

흑영칠보역용술은 내공이 뒷받침되지 않는다면 불가능하다. 그리고 지금의 북설에게는 상당히 무리일 거라고 판단했다.

그런데 틀렸다.

십이 보를 움직인 북설의 얼굴이 설무린과 흡사하게 변해 있었다.

물론 북해와는 달리 많은 부분에서 부족한 점이 보였지만 그가 약속한 이틀이라면 이 정도는 충분히 보완하고도 남을 정도였다.

그녀를 응시하던 북해가 입술을 깨물면서 입을 열었다.

"녀석, 평소에도 날 속인 게냐?"

"예."

"딸에게 속을 줄은 몰랐군. 허허!"

북해가 어처구니없다는 듯이 너털웃음을 흘렸다. 평소 북설이 그에게 보여주었던 것은 그녀의 모든 것이 아니었던 것이다. 마치 이러한 일이 있을 거라고 예상이라도 했는지 북설은 북해에게 본실력을 보여주지 않았던 거다.

완벽하게 속아버린 것이다.

북설이 살짝 웃으면서 입을 열었다.

"아버지가 언제나 말씀하셨잖아요, 언제나 삼 할의 실력은 숨기라고."

"그래, 그랬지. 하지만 아비까지 속이라고는 안 했다. 고얀 녀석."

정말로 한 방 먹었지만 이게 다가 아니었다.

가장 중요한 것이 바로 북해와의 비무가 아니던가. 딸과 검을 나누고 싶지 않아 다른 계책을 냈던 그다.

그렇지만 이렇게 손쉽게 북설이 역용술을 성공해 낸 이상 비무를 펼쳐야 하는 건 피할 수 없게 되어버렸다.

"설아."

"예, 아버지."

"너를 잡기 위해 아비는 검을 들어야겠구나."

북해가 솔직하게 말했다.

그렇지만 북설 또한 그럴 줄 알았다는 듯이 담담하게 고개를 끄덕이면서 뒤로 물러선다.

설무린의 모습으로 역용을 펼쳤던 그녀도 원래의 모습으로 돌아갔다.

역용술은 처음 펼쳐 보는 것이었지만 내공의 소모가 보통이 아니었다. 그 상태로 싸운다는 것은 가뜩이나 상대가 되지 않을 북해와의 싸움에서 치명적으로 다가설 게다.

이길 거라는 생각을 하는 건 아니다.

북해의 검…….

제대로 본 적은 없지만 알고 있다, 그의 검을 꺾은 이는 북해빙궁에서 단 한 명도 없다는 것을.

북해에서 가장 강한 사내. 그가 지금 그녀의 앞을 가로막은 것이다. 여태까지 가장 오랜 시간을 함께한 북해가 지금에는 무척이나 낯설다.

사람이 아닌 거대한 장벽이 서서 북설의 앞을 막아서고 있다는 생각이 들 정도로 견고한 느낌이 풍긴다.

거리가 벌어지자 북해가 검을 뽑았다.

북설 또한 질세라 검을 들고는 길게 숨을 쉬었다.

최고의 상대이지만 넘어서야 한다. 넘어서지 않으면 그녀는 원하는 바를 이룰 수 없다.

앞에 있는 북해를 보니 북설의 몸이 떨려오기 시작했다. 그의 몸에서 뿜어져 나오는 기세가 그녀를 내리누른다. 그렇지만 그 잔떨림은 결코 두려움 때문만은 아니었다.

희열. 그 안에서 희열이 느껴진다.

무인이기 때문이다.

"선수를 양보하마."

이 순간을 기다렸다!

'반드시 나가고야 만다!'

북설의 검이 움직였다.

날아들던 북설의 검이 갑작스럽게 모습을 감춘다. 검날이 보이지 않지만 북해는 어렵지 않게 옆으로 움직였다. 동시에 날카로운 바람 가르는 소리가 귓가를 스친다.

유령검(幽靈劍).

흔적이 남지 않는다는 북해의 검법 중 하나.

실제로 북해빙궁에서 그림자무사를 할 적에 셀 수도 없이 펼쳐 댔던 검법이다.

검에 흔적이 남지 않는다.

단지 죽은 시체에서만이 아니다. 펼쳐지는 검법 자체가 흔적이 없다.

'제법.'

본격적으로 무공은 익히지 않았지만 북해의 내공심법을 어릴 적부터 익혀오던 그녀다.

거기에 뛰어난 재능까지 가지고 있다.

괄목상대(刮目相對)라는 말이 어울릴 만도 하다.

분명 북해빙궁으로 간다고 해도 북설의 적수는 그리 많지 않을 게다. 북해의 무공과 북설의 재능이 만나면서 무인 하나가 만들어졌다.

파라락!

검날이 사방으로 휘날린다.

연검처럼 낭창낭창 검끝이 휘는 기분이다. 그만큼 변화가 있고 빠르다는 소리다.

엄청난 변화와 함께 날아드는 검을 보았지만 북해의 검은 가볍게 그녀의 공격을 밀어냈다.

'소궁주님에 비하면 이 정도 변화는 너무 약해.'

십 개월가량을 설무린이 펼치는 북해빙궁 최고의 환검과 싸워왔다. 그런 그의 눈에 북설의 환검은 아직 부족한 점이 많아 보였다.

물론 절정의 무인이라고 해도 지금 펼쳐지는 북설의 환검을 막는다는 건 상당히 어려운 일일 게다. 그런데도 불구하고 북해의 눈에는 많은 약점이 보인다.

상대가 북해인 탓이다.

북해제일검(北海第一劍).

상대가 좋지 않다.

만약 북설의 앞에 있는 것이 북해가 아니었다면 싸움은 쉽사리 끝났을지도 모른다.

일취월장이라고밖에 표현하지 못할 정도로 북설은 강해졌지만 아직 북해를 뛰어넘는다는 것은 무리였다.

환검에서 쾌검, 쾌검에서 중검.

북설의 검은 형식이 없다. 그러면서도 치밀하다. 사방에서 날아드는 검에 실린 내력이 다르다. 제법 묵직하면서도 빠르고, 변화무쌍하기까지 하다.

탕탕!

계속해서 검끼리 부딪친다. 시끄러운 소리가 귀를 아프게 한다.

북해의 입가에 자신도 모르게 미소가 걸렸다. 강해진 자신의 딸이 너무나 대견해서다.

아버지로서는 강해진 그녀가 걱정스럽다. 그렇지만 지금 북해는 자신도 모르게 무인이 되어버렸다. 검을 드는 순간부터 그는 북설의 성취에 감탄하고만 있었다.

북설은 분명 강해졌다.

그렇지만 북해의 상대가 될 수준은 결단코 아니었다. 아직까지 싸움이 끝나지 않은 것은 그가 단 한 번도 공격을 하지 않았기 때문이다.

북해빙궁의 궁주인 설군표조차 싸우려 들지 않는 사내.

수십 합을 겨루는 동안 북해는 단 한 번의 공격도 하지 않고 그녀의 공격을 받아내기만 했다. 그 정도라면 지칠 법도 하련만 북설 또한 검을 멈추지 않는다.

숨이 다소 거칠어졌다.

북해가 거리를 벌린 채로 옆으로 슬슬 발을 옮긴다.

"이래서 어떻게 그림자무사가 되겠다는 것이냐. 넌 내 옷깃도 스치지 못하지 않았느냐."

"……."

"포기하거라."

“싫어요.”

단호하다.

그녀는 옷소매를 걷어붙였다. 북설의 오른쪽 손목에 걸려 있는 금색의 팔찌가 눈에 보인다.

북해가 눈을 찡그리면서 그 팔찌를 바라봤다. 자신은 단 한 번도 저런 선물을 한 적이 없었다.

아니, 그걸 떠나 북해동 어디에서도 저런 물건을 구한다는 건 불가능하다.

그 말은 곧 바깥에서 들어온 물건이라는 소리다.

“그건…….”

“소궁주님이 주신 거예요.”

“아! 그때…….”

상처를 입혔다며 미안하다고 건네주었던 그 금팔찌다.

그 이후로 본 적이 없어서 기억하지 못했거늘 항시 손목에 차고 다녔던 모양이다.

북설이 팔찌를 만지작거렸다.

“…처음이었어요.”

그때부터였을지도 모른다.

그녀의 마음이 흔들린 건, 바깥 세상에 대한 동경이 시작된 것은 말이다.

그리고 목숨도 살려주었다.

두일해, 그가 왔을 때 설무린이 그녀를 지켜줬다. 만약 그때 끌려갔다면 자신은 살아 있지도 못했을 게다.

그를 위해서라면 죽어도 좋다고 생각했다. 아니, 그를 위해서 죽어줘야겠다고 생각하게 됐다.

이제는 그 각오를 지키고 싶은 게다.

"전 나갈 거예요. 막으셔도 제 마음은 변하지 않아요."

북설이 검을 고쳐 잡는다.

북해의 두 눈에 안타까움이 흘러넘친다.

말로는 설득이 불가능하다는 걸 깨달았다. 자기 스스로 포기하게 만들어야 한다.

다소 마음이 걸리지만… 손속을 잔인하게 해야 할 것 같다.

"내 몸에 상처를 내거라. 내가 인정할 정도라면… 널 나가게 해주마."

자신을 이겨보라는 말이라면 북설 또한 수긍하지 않을 게다. 제아무리 기재라고 해도 단 몇 년 만에 북해를 뛰어넘는 건 불가능하니까.

적당한 조건을 내거는 척하면서 그녀를 묶어두려는 거다.

북설은 잠시 멈칫했지만 이내 고개를 끄덕였다.

그녀 또한 그 정도의 실력이 되지 않는다면 이곳에서 나간다 한들 짐밖에 되지 않음을 잘 아는 탓이다.

짐이 되려고 나가는 게 아니다. 설무린의 뒤에서 목숨을 지켜줄 그림자무사가 되고 싶어서 나가려는 게다.

짐이 될 바엔 차라리 없는 게 낫다.

북설이 고쳐 잡은 검을 강하게 움켜쥔 채로 움직였다.

단 일 검에 모든 것을 얼린다는 한월지극검(寒月地劇劍)을 펼쳤다.

지독히도 빠른 한월지극검의 찌르기다.

검이 북해의 가슴을 노렸다. 그렇지만 누구보다 북설이 펼치는 검법을 잘 아는 그다.

거기다가 실력도 떨어지는 그녀다.

검이 통할 리가 없다.

적당한 순간에 북해의 몸이 옆으로 물러났다. 마음을 독하게 먹은 북해는 그대로 손바닥을 휘둘렀다.

북설의 옆구리에 북해의 손이 그대로 틀어박혔다.

퍼엉!

그녀는 그대로 날아올라 얼음벽에 부딪쳤다. 땅에 떨어진 북설을 향해 북해가 움직였다.

그가 다가오는 것을 느낀 북설이 급하게 자리에서 튕기듯이 일어났다.

여태까지 공격을 가하지 않았기에 너무 방심했다.

그의 검이 날아든다.

순간 당황했지만 북설은 금세 침착성을 되찾았다. 폭포에서의 훈련은 그 어느 순간에라도 그녀의 냉정함을 유지하게 만들어주었다.

막는 것과 동시에 이번에는 북설의 발이 움직였다.

갑작스럽게 빨라진 공격에 북해는 급하게 고개를 숙였다. 아슬아슬하게 발이 그의 머리를 스치고 지나갔다.

거리를 벌리는 순간 그녀의 검이 찌르고 들어온다.

북해의 손에 들린 검이 수평으로 움직였다.

탕!

북설의 검이 밀려나는 순간 북해는 앞으로 한 발자국 내디디면서 그대로 주먹을 뻗었다. 주먹에서 뻗어져 나온 권풍이 그녀의 가슴을 때렸다.

꽤나 타격을 줄 공격이라고 생각했는데 북설의 손바닥에서 흘러나온 한기가 북해의 힘을 잡아먹었다.

방금 전까지 싸우던 북설이 아니다. 그녀의 실력이 아까보다 한 단계 올라선 듯한 기분이었다.

감탄하는 순간 북설의 손에 들린 검이 허공을 향해 쏘아졌다.

빠르게 휘둘러진 검이 북해의 온몸을 휘감아 버린다.

뒤로 발을 옮기기가 무섭게 그가 서 있던 부근에 온통 할퀸 자국들이 생겨났다.

바위들도 땅도 갈라졌다.

그리고 북해가 입고 있는 옷도 사방이 찢겨져 버렸다.

그가 놀란 감정을 안으로 추스르면서 말했다.

"잠시 동안 더 강해진 듯한데……."

"아버지가 저에게 공격을 하지 않았으니까요."

명쾌한 대답.

지금 북설을 말리려는 상황이 아니었다면 크게 웃어버릴 뻔했다.

자신을 상대로 손속에 사정을 둘 줄은 몰랐다.

얕보았다가는 낭패를 당할 뻔했다.

"다행이구나. 옷이라도 베면 내보내 주겠다고 했다면… 당할 뻔했어."

"전 나가게 될걸요."

절정의 경지에 오른 수준이라고 생각했다.

솔직히 북설 정도의 나이에 그 정도만 해도 엄청난 기재라고 말할 수밖에 없다.

일류의 고수는 많지만 개중에 절정의 수준에 들어서게 되는 자는 별로 없다. 절정의 무인이 된다는 것은 단지 수련의 기간만으로 해결되는 게 아니다.

일류라면 훈련만으로도 오를 수 있다.

하지만 절정에 이르기 위해서는 깨달음이 있어야 한다. 북해는 북설이 그 단계라고 생각했다.

생각을 바꿔야겠다.

북설은 그 단계를 뛰어넘었다.

초절정고수의 반열에 거의 들었거나 그 일보 직전일 게다.

방심을 한다면 아까 했던 약속을 지켜야 할 판이 되어버렸다.

'긴장해야겠군.'

선공을 양보했던 아까와는 달리 이번에는 북해가 먼저 움직였다. 검이 호선을 그리며 떨어졌다.

북설의 검에서 매서운 한기가 일순 쏟아져 나온다.

'파천수라검인가?'

"파천수라검!"

생각과 동시에 검이 하늘을 향해 솟구쳐 오른다. 무거운 힘이 그대로 북해의 검을 밀어내려고 든다. 동시에 그녀의 어깨가 북해의 가슴을 밀쳐 냈다.

천근추(千斤墜)의 공력이 발로 몰려든다.

강하게 부딪쳤지만 미동도 하지 않은 것은 그 덕분이다.

북해는 자신의 품에 안긴 북설의 어깨를 다른 한 손으로 움켜잡았다.

그는 입술을 깨물고는 손을 움직였다.

"큭!"

북설의 입에서 신음이 터져 나왔다.

단 한 번도 흔들리지 않던 여인이 처음으로 고통을 호소한 것이다.

어깨가 빠졌다.

북설은 그대로 멀찌감치 뒤로 물러섰다. 거리를 벌리지 않으면 치명타를 입을 수밖에 없는 상황이었다.

뒤로 물러선 그녀는 자신의 왼팔을 바라봤다. 북해가 어깨뼈를 빠지게 만들어 버렸다.

한 손을 쓰지 못하게 만든 북해의 표정도 그리 좋지만은 않다.

왼팔을 손으로 만지던 북설이 자신의 어리석음을 탓했다.

'너무 성급했어. 제법 공격이 먹힌다고 생각하고 안으로 파고든 것이 화근.'

좋은 경험을 했다.

앞으로는 이런 멍청한 짓을 하지는 않게 될 게다.

북설의 가장 큰 약점. 그것은 바로 경험 부족이다.

단 한 번도 그녀는 제대로 된 싸움을 한 적이 없었다. 북해와 몇 번 가볍게 검을 나눈 적이 있기는 하지만 그것은 모두 제 실력을 발휘하지 않았다.

더군다나 이 년 전부터는 단 한 번도 그와 검을 겨루지 않았다.

실력을 숨기기 위해서다.

한마디로 지금 이것이 북설로서는 생전 처음 해보는 제대로 된 비무라는 거다.

아니, 비무가 아닌 싸움이다.

어깨를 고칠 생각 따위는 버려야 한다. 그럴 시간은 없다. 싸움에서 상대는 기다려 주지 않는다. 오히려 이런 부상을 입으면 좋아라 몰아치는 것이 정석이다.

'정상적으로 싸워서는 승산이 없어.'

가뜩이나 상대가 되지 않았다. 거기에 왼팔은 제대로 사용하지 못하게 되어버렸다.

이대로 시간을 끈다면 패배는 뻔하다. 그렇다면 도박을 하는 수밖에 없다.

'한 번이야. 실패하면 그 이후는 없어.'

지금 그녀의 실력으로 북해에게 치명상을 준다는 것은 가당치도 않다. 그렇지만 단 한 번이라면… 모든 걸 건다면…….

망설일 시간은 없다.

시간이 가면 갈수록 불리해지는 것은 북설이다. 마음먹은 이상 빠르게 결정을 내려야 한다.

북설이 검을 수평으로 높이 세웠다.

한 손으로 검을 수평으로 세운 모습은 위태위태해 보였다. 북해는 그녀의 해답에 슬쩍 고개를 저었다.

'역시 경험이 부족해. 찌르기라니……. 그것도 눈에 훤하게 보이는.'

한 팔을 사용할 수 없는 상황에서 찌르기라니 니무 단조롭지 않은가.

움직이는 순간 방향은 잡힌다. 살짝만 피해내면 그대로 온몸이 허점투성이가 된다.

기껏해야 발.

발을 이용해서 공격을 가해올 것이다.

이미 수를 읽힌 이상 승부는 이미 이쪽으로 넘어왔다. 다소 잔혹한 손속이 마음에 걸리기는 하지만 그렇게 해서라도 북설을 이곳에 머물게 할 수 있다면……

예상대로였다.

북설이 움찔하는 순간 이미 북해는 그녀의 움직임을 파악했다.

파악!

몸이 튕겨져 오른다. 단숨에 거리가 좁혀진다.

날아오는 검. 그렇지만 검로가 읽힌 공격은 이미 실패한 것이라고 봐야 옳다.

너무나 단순한, 그렇지만 무척이나 빠른 찌르기. 사활을 걸었지만 북해에게는 통하지 않을 듯싶다.

날아드는 검을 쳐내려던 북해의 눈에 갑자기 왼팔을 들어 올리는 북설의 모습이 들어왔다.

쩌엉!

빠졌던 팔이 그대로 검 손잡이의 끝 부분을 후려쳤다.

'저, 저런 멍청한!'

잘못하면 영영 한 팔을 못 쓰게 될지도 모르는 짓을 그녀는 서슴지 않고 행한 것이다. 왼팔로 손잡이의 뒷부분을 후려치자 검이 갑작스럽게 빨라졌다.

북설의 행동에 당황했던 그가 퍼뜩 정신을 차렸다.

그가 급히 뒤로 몸을 젖혔다.

철판교의 신법을 펼치자 검이 북해의 콧잔등을 스치고 지나간다.

아슬아슬하지만 피해냈다!

그때,

휘익!

북설의 손가락이 그의 가슴이 있는 부근을 스치고 지나간다.

찌이익!

옷이 찢겨졌다. 동시에 가슴에 세 개의 가느다란 혈선도 생겨 버렸다.

스치고 지나간 북설은 그대로 자신의 왼손에 들린 옷을 바라봤다. 옷자락에 묻어 있는 피를 발견한 그녀가 급히 고개를 돌린다.

땀 범벅이 된 얼굴.

고통을 억지로 입술을 깨물어서 참는 기색이 역력하다.

흐트러진 머리카락은 땀 때문에 얼굴에 잔뜩 붙어 엉망인 상태다.

그렇게 엉망인 데도 불구하고 아름답다.

수평으로 몸을 뉘었던 북해가 천천히 신체를 일으켜 세웠다. 북설의 손가락이 가슴을 스치고 지나간 것을 알고 있다.

그는 자신의 가슴을 손으로 쓸었다.

손바닥에 피가 묻어 나온다. 깊은 상처는 아니지만 북설의 손가락이 그에게 부상을 입혔다.

당황하지 않았다면 당하지 않았을 부상이다. 부상당한 왼

손으로 검 손잡이를 후려치는 순간 이미 부동심이 깨져 버린 것이 화근이다.

무인이었지만 또한 아버지였다.

그녀에 대한 걱정에 잠시 무인이 아닌 아버지가 되었던 것이다.

그 탓에 철판교의 수법을 펼쳤고, 기회가 생겼다고 판단한 북설이 그대로 조법을 사용해서 가슴을 훑고 지나간 것이다.

왼쪽 어깨를 부여잡은 채로 자신을 올려다보는 북설의 얼굴과 마주한 그의 마음은 복잡했다.

지독한 독기가 없으면 행하지 못할 일이다. 탈골된 왼팔을 들어올린 것만 해도 용하다. 그런데 그 상황에서 왼팔을 휘두를 줄은 몰랐다.

왼팔로 검 손잡이를 후려치면서 그녀는 빠진 팔을 억지로 끼워 맞춘 것이다.

팔 하나를 영영 쓰지 못하게 만들지도 모르는 행동이다.

"멍청한……. 평생 외팔이가 되고 싶은 게냐?"

"외팔이가 돼서라도 나가고 싶어요."

"……."

똑바로 자신을 응시하면서 말하는 북설의 말에 북해는 그 어떠한 대꾸도 하지 못했다.

싸움이었다면 북해가 이겼을 게다. 그녀가 북해의 가슴을 훑고 지나가기는 했지만 그건 자잘한 부상에 불과하다. 이 상태에서 계속 싸운다면 당연히 승산은 자신에게 있다.

그렇지만 이것은 그냥 싸움이 아니었다.

약조를 하고 시작한 싸움이다.

자신의 몸에 상처를 내면 나가게 해주겠다고. 물론 그것을 인정할 수 있어야만 한다고 말을 해두긴 했다.

멍청한 행동이라 인정할 수 없다고 우길 수도 있지만… 지금 반쯤 무릎을 굽힌 채로 온몸이 엉망이 되어 있는 북설을 보며 그 어찌 그런 말을 쉽게 내뱉을 수 있단 말인가.

외팔이가 되어서라도 나가겠다는 말은 농담이 아니다.

'내가 아무리 잡아도… 결국은 나가게 될 게야.'

왠지 모르게 그러한 확신이 선다.

그때 엉망이 된 북설이 간곡한 어조로 말했다.

"아버지, 나가고 싶어요. 나가게 해주세요."

"…허허."

그가 고개를 들어올린다. 북해동의 높은 천장만이 눈에 들어온다.

수만 가지 생각이 머릿속을 가득 채운다.

'소공주님……'

사 년 전에 이곳에서 사라진 설무린의 모습이 오늘따라 더욱 기억이 난다.

그는 얼마나 변했을까. 그리고 자신과의 약속을 지키려고 할까.

지킨다.

다른 사람이라면 몰라도 설무린이라면 그 약속을 반드시 지킬 게다.

'약속을 지키지 못할 것 같습니다.'

부모는 자식을 이길 수 없다는 옛말이 결코 틀리지 않은 듯 싶다.

북해는 지쳐 있는 북설에게 다가가 그녀의 왼팔을 만지작거렸다. 그녀는 어깨에서 느껴지는 통증에 눈을 꽉 감으면서 신음 소리를 흘렸다.

"아야!"

"가만히 있어라. 아까는 그리 무식하게 주먹으로 검을 후려치더니 이제 와서 웬 엄살이냐."

북해의 손에서 흘러나온 기가 그녀의 몸으로 스며든다. 몸 안의 상태를 살핀 그가 안도의 한숨을 내쉬었다.

"보름가량 쉬면 낫겠구나."

말을 마친 그가 자리에서 일어났다. 북설도 허겁지겁 몸을 일으켰다.

조용히 설족 부락을 향해 몸을 돌린 북해가 걷기 시작한다. 북설은 그의 뒤를 조용히 쫓았다.

무엇인가 대답을 기다리는 눈치.

아무런 말도 없이 걷던 북해가 어렵게 입을 열었다.

"네 상처가 낫는 동안… 가르쳐 줄 게 있다."

"가르쳐 줄 거라니요?"

"그림자무사에게 필요한 은신술, 그리고 역용술."

"…아버지."

"아무런 말도 말거라. 어렵게 정한 결정이니까."

북설의 얼굴이 환하게 변했다.

은신술과 역용술을 본격적으로 가르쳐 준다는 말은 그녀의 부탁을 승낙했다는 소리다.

"고마워요, 아버지!"

"너무 좋아하지 마라. 넌 아직 멀었어. 우연히 나에게 한 방 먹인 것뿐이야. 그 정도로 북해빙궁 소궁주님의 그림자무사를 하겠다니……. 짐이나 되지 말거라."

앞장서서 걷던 북해는 망설이다 결국은 해야 된다고 생각했는지 마음에 담아두었던 말을 꺼냈다.

"꼭 한 가지 말해두고 싶은 게 있다. 그림자무사는… 그 주인보다 나중에 죽어서는 안 된다. 알겠느냐."

"예. 꼭 지킬게요."

쉽지 않은 말이었다.

자신의 딸에게 죽을 거면 먼저 죽으라는 말을 하는 것이 어찌 아비 된 입장에서 할 말이란 말인가.

그 말을 끝으로 북해는 아무런 말도 하지 않고 걸었다.

소중한 딸을 내보내서 그림자무사로 만들고 싶지 않지만 그녀의 의지가 너무나 강하다. 그리고 북설의 주인이 될 사내에 대한 믿음도 있었다.

북해빙궁 소궁주 설무린.

'소궁주님… 제 딸을 부탁합니다.'

그라면, 어쩌면 그라면 북설이 죽지 않게 할 수 있을지도 모른다.

물론 그러기 위해서는 다른 누구보다도 압도적으로 강해야 한다. 그림자무사는 주인을 대신해 죽는 자.

주인이 위험에 처할 일이 없을 정도로 강하다면 죽을 확률도 적어지는 법이다.

그랬기에 믿을 수 있다. 설무린의 재능은 북해가 본 그 누구보다도 월등했다.

북설의 재능도 빼어나기는 했지만 십 개월이라는 시간 동안 본 설무린은 살아오면서 본 최고의 기재였다.

시간이 흘렀다.

사 년이라는 긴 시간.

지금의 설무린과 싸우려면… 북해는 팔 하나는 내놓아야 할지도 모르겠다.

아니, 팔 하나 정도 주지 않고는 결코 이길 수 없는 사내가 되었을 게다.

설무린이라는 자는 그런 사내였다.

第二章

기습(奇襲)

설무린은 달이 하늘 중앙 즈음에 걸렸을 때 자리에서 일어났다. 채 한 시진도 자지 않았지만 이러한 생활이 그는 꽤나 익숙하다.

북해빙궁의 무공은 극한의 음기를 지닌 것들이다.

특히 내공심법은 음기를 살어 모아 단전에 모아둬야 한다. 음기는 태양이 떠 있는 낮보다 밤에 훨씬 더 많다.

그랬기에 설무린은 언제나 음기가 충만한 이런 밤에 운기행공을 하곤 했다.

언제나처럼 빙마몽환검을 등에 멘 그는 자리에 가부좌를 틀고 앉았다.

북해동에서 나온 이후에도 단 하루도 게으르게 생활해 본 적이 없다. 그는 눈을 감은 채로 단전에서 흘러나오는 힘을 느끼기 시작했다.

빙백신공을 운기하자 매서운 한기가 온몸을 휘몰아친다. 단전에서부터 온몸 구석구석까지 빙백신공의 기운이 한바탕 신나는 춤사위를 펼쳤다.

그렇지만 그토록 강인한 빙백신공의 기운도 단전의 한구석만큼은 침범하지 못했다.

태양지체인 설무린이 선천적으로 지녀야 하는 뜨거운 양의 기운이 바로 이놈이다.

단전 한구석에 양의 기운이 움직이지 못하고 묶여 있다. 만약 이 기운들이 살아서 날뛰기 시작한다면 설무린은 채 반 시진도 버티기가 힘들 것이다.

빙마몽환검에서 쏟아져 나오는 한기만이 태양지체의 기운을 억누를 수 있다.

빙백신공의 음기로 양기를 뒤덮어보려고 했지만 다가가기가 무섭게 그 힘이 소멸되어 버린다.

몇 차례 같은 행동을 반복하던 설무린은 음기의 방향을 바꿨다.

괜히 계속해서 양기를 자극했다가는 오히려 역효과를 부른다.

지금은 조용히 잠들어 있지만 이놈들이 깨어난다면 설무

린의 몸은 단숨에 열에 휩싸여 버릴 게다.

몇 번의 생과 사를 넘나드는 경험을 하게 되니 섣부른 행동은 자제하게 되었다.

한참 동안 빙백신공을 운기하던 그가 눈을 떴다.

매일 같은 일의 반복이지만 오늘도 씁쓸한 미소가 입에 걸린다.

아직도 빙마몽환검이 없으면 살 수 없는 몸이다.

"지긋지긋하게도 버티는구나."

양기의 덩어리가 그리 크지 않아 단숨에 집어삼킬 것도 같건만 생각처럼 되지 않는다. 그 조그마한 덩어리의 힘은 상상을 훨씬 웃돈다.

빙마몽환검을 바라보던 설무린은 퍼뜩 기억난 사실에 고개를 들어올렸다.

높다란 천장이 눈에 들어온다.

북설, 그녀의 생각이 난 것이다. 갑작스럽게 찾아와 그림자 무사가 되게 해달라고 부탁한 여인.

북해동을 나선 지 사 년 만에 찾아온 북설은 놀랍도록 강해져 있었다.

'집중하지 않으면 기척을 찾기가 어려울 정도야.'

운기를 하는 내내 그녀의 기척을 느꼈다. 제대로 집중하지 않는다면 모르고 지나칠 정도로 미세한 기운.

물론 움직인다면 이야기는 달라진다.

제아무리 북설이 은신술에 능하다고 해도 상대인 설무린 또한 보통 무인은 아니었다.

이미 북해빙궁 내에서도 손꼽히게 강해진 그다.

움직이기만 한다면 북설의 위치를 알아차리는 것쯤은 설무린에게 어렵지 않은 일이었다.

사 년 전 북해동을 막 나왔을 때의 그라면 기척을 알아내기 버거웠겠지만 지금은 그때의 설무린이 아니다.

지금 북설은 건물의 천장에 모습을 감추고 있었다.

북해의 밤은 춥다.

낮에도 그 추위가 보통을 넘어서지만 밤과는 비교도 할 수 없다.

매섭게 몰아치는 한풍은 태양이라도 얼릴 기세다. 그렇게 말할 수 있을 정도로 북해의 밤은 매섭다.

제아무리 북설이라고 할지라도 이런 밤에까지 찬바람을 맞고 있는 건 어려운 일일 게다. 그런데도 불구하고 천장 부근에서는 움직이는 기척이 없다.

미동도 하지 않는다는 소리다.

생각도 해보지 않은 그림자무사가 갑작스럽게 생겨 버렸지만 거두기로 했다.

그럼 이미 북설은 설무린의 사람이라는 거다.

'날이 밝으면 아버지를 뵈어야겠군.'

다른 사람은 몰라도 설군표에게만은 사실을 말해야 한다.

제아무리 북설의 은신술이 능숙하다고 해도 설군표의 눈까지 속일 수 없을 것은 당연하다.

사전에 미리 말을 해둬야 앞으로의 일들도 문제되지 않을 게다.

더군다나 북설은 북해의 딸…….

어차피 숨길 수 없다면 이쪽에서 미리 사실을 말하는 것이 낫다.

운기행공을 마친 설무린은 다른 검 하나를 들고 바깥으로 걸어나갔다. 하늘에 떠 있는 달을 슬쩍 올려다본 그가 연무장을 향해 발을 옮긴다.

스윽.

무엇인가가 뒤를 쫓는다.

적당한 거리를 벌린 채로 숨소리도 죽이고 쫓아온다. 뒤를 볼 필요도 없다. 어제까지만 하더라도 검 손잡이에 손을 가져다 댔을 테지만 지금은 정체가 누구인지 안다.

북설일 게다.

달빛이 길을 가득 덮고 있는 눈에 비치면서 영롱한 빛깔을 토해낸다.

설무린은 말없이 그 눈길을 걸었다. 터벅터벅 걷는 발걸음이 눈길 위에 족적(足跡)을 남겨낸다.

소복소복 쌓인 눈이 묘하게 사람의 감성을 자극한다.

그는 말없이 자신의 머리카락을 쓸어 올렸다.

사내답지 않게 탐스러운 머리, 그리고 요사스러울 정도로 흰 피부는 달빛과 함께 어우러져 한 장의 아름다운 그림을 보는 듯했다.

방에서 나와 얼마 걷지 않았지만 눈앞에 연무장이 모습을 드러냈다.

그의 거처와 연무장은 그리 거리가 멀지 않다. 더군다나 이곳은 설무린만이 쓸 수 있는 개인 공간이기도 하다.

연무장의 앞에 도착한 설무린은 발을 멈췄다.

익숙하게 손을 뻗어 문을 옆으로 밀던 그의 몸이 움찔했다.

샥!

열린 문틈으로 비수 하나가 날아든다.

그렇지만 이미 문을 여는 순간 설무린은 무엇인가 낌새를 알아차린 상태였다.

그의 몸이 뒤로 꺾어지면서 그대로 암기를 피해냈다.

파라랑!

날카로운 파공음과 함께 비수가 허공을 갈랐다. 동시에 사방에서 칼날 같은 살기가 쏟아져 들어왔다. 살기가 단숨에 설무린의 몸을 난자하듯이 뒤덮는다.

설무린은 지지 않겠다는 듯이 몸에서 기운을 흘려 살기를 받아냈다.

동시에 이번에도 몇 개의 암기가 그를 노렸다.

타앙!

탕!

이번에는 손바닥으로 날아오는 암기들을 쳐내 버렸다.

아무도 보이지 않는다.

하지만 눈으로 보이지 않을 뿐이지 몸으로는 수십에 달하는 자들의 움직임이 느껴졌다.

뒷걸음질로 설무린은 연무장과 거리를 벌렸다.

'암습!'

북해빙궁의 소궁주를, 다른 곳도 아닌 북해빙궁에서 암습을 펼친 것이다.

미치지 않고서야 있을 수 없는 일.

잠시 멈칫했지만 이내 설무린은 상황을 알아차렸다. 아마 이들은 어제 설무린의 여동생인 설수진을 습격했던 자들과 같은 조직에 속한 자들일 게다.

기습한 자들을 살려 보내면서 대어가 물기를 바라기는 했지만 너무나 빠른 대처다.

녹록치 않은 자들일 것이 분명하거늘 설무린은 전혀 당황하지 않는다. 오히려 담담하게 상황을 판단하고 입가에 비소까지 머금는다.

'바로 오늘일 줄은 몰랐군.'

검을 뽑아 든 설무린은 팔을 축 늘어뜨린 채로 주변을 바라보았다.

이미 놈들의 위치는 대강 파악이 끝났다.

아무런 말도 하지 않았거늘 뒤쫓던 북설의 기척도 어딘가로 사라졌다.

그의 눈이 연무장의 문을 바라봤다. 다른 자들의 무위보다 지금 이 안에 있는 자가 문제다.

드르륵.

연무장의 문이 열렸다.

바깥이 아닌 안에서 누군가가 성큼 바깥으로 걸어나온다. 백색의 두건으로 얼굴을 가렸고, 마찬가지로 옷도 온통 하얀색이다.

설수진을 구할 때 만났던 자들과 마찬가지의 복장이다.

같은 옷차림이지만 눈앞에 있는 자는 아침에 봤던 자는 분명 아니었다.

제법 강한 자가 있기는 했지만 지금 나타난 이 괴한에 비한다면 한참은 아래다.

더군다나 점점 주변에 나타나기 시작하는 기척들…….

멀리 숨어 있다가 연무장에 숨어 있던 자가 기습을 하는 순간 사방에서 거리를 좁히고 있다.

일류의 무인들과 절정의 무인…….

상대는 오늘 설무린을 반드시 죽이기 위해 온 것일 게다. 그렇다면 설무린을 죽일 수 있는 만큼의 자들을 보냈을 것은 자명한 일이다.

더군다나 상대방은 설무린에 대해 정확하게 파악하고 있

었다. 이 시각에 연무장을 찾는다는 것을 안다는 것은 이미 모든 조사가 끝났다는 소리다.

죽일 수 있다는 자신이 없었다면 살수들을 보내지도 않았을 게다.

아마 고비가 될 듯하다.

그러한 위급한 상황이라는 걸 잘 알면서도 설무린은 연무장의 문을 열고 걸어나온 괴한을 보며 웃음을 흘렸다.

"후후, 꼼짝없이 당할 뻔했군."

괴한이 가래 끓는 듯한 목소리를 내뱉었다.

"북해빙궁 소궁주 설무린……. 네놈은 너무 설쳤어. 그만 죽어줘야겠다."

괴한은 적의를 숨기지 않았다.

동시에 설무린이 예상했던 것처럼 수십에 달하는 백의의 인물들이 나타났다.

설무린의 눈앞에 있던 괴한은 싸움을 시작하기도 전에 승리를 장담한 듯한 모습이었다. 물론 그의 입장에서는 그러한 자신감을 가질 수밖에 없다.

숫자만 해도 압도적이다.

더군다나 그들의 조사로 봤을 때 이 정도의 인원이면 설무린을 죽이고도 남았다.

그런데… 놈이 웃는다.

억지로 짓는 미소가 아닌 저절로 마음에서 우러나오는 듯한 웃음이 설무린의 입에 가득하다.

그가 웃음을 삼키며 말했다.

"너는 제법 대어 같군. 애써 보내주길 잘한 것 같아. 이렇게 빨리 올 줄은 몰랐지만."

"날 기다렸다는 소리인가? 애송이, 네 목숨은 여러 개인 모양이지?"

"큭큭! 아버지한테 인간 같지도 않은 놈이라는 말은 많이 들었지만 그래도 사람인데 목숨이야 하나지. 다만 그 하나뿐인 목숨이 아주 질긴 놈이라서 말이야."

말을 마친 설무린이 검을 들지 않은 손을 뒤로 뻗었다. 그의 입이 나지막하게 중얼거렸다.

"빙백신장(氷白神掌)."

세상 모든 것을 얼릴 것만 같은 눈보라가 성난 파도처럼 쏟아져 나가기 시작했다.

커다란 얼음 기둥이 솟아오르며 쏘아졌다.

콰지직!

여유있게 서 있던 괴한은 급격하게 몰려드는 무지막지한 한기에 기겁하고 말았다.

'이, 이건!'

강하다는 말은 들었다.

설무린이 북해빙궁의 긴 역사상 가장 빼어난 기재라는 소문은 귀가 따가울 정도로 들었다. 그랬기에 승산이 확실한 자신들이 나섰다.

충분하다는 생각이 그의 일장을 마주하는 순간 단박에 변해 버렸다.

'위험하다!'

북해빙궁 장법 중 가장 강하다는 빙백신장이 괴한을 뒤덮으려 들었다.

그는 검을 들어 그대로 날아드는 장력에 대항했다.

일순 검에서는 강기가 휘몰아치고, 몸에는 호신강기가 인다. 강기를 이토록 수월하게 사용할 수준이라면 북해빙궁 내에서도 그리 숫자가 많지 않다.

강기가 빙백신장을 갈랐다.

콰콰쾅!

빙백신장은 설무린의 손에서 흘러나온 순간 얼음이 되어 버렸지만 그것은 보통의 것과는 달랐다.

보통의 얼음이었다면 강기와 닿는 순간 마치 두부처럼 슥슥 잘려 나갔어야 옳다.

하지만……

북해빙궁의 얼음은 그 무엇보다 강하다.

"크윽!"

검을 잡고 있던 손이 얼얼하다. 무슨 놈의 얼음이 강기에 싸여 있는 검을 꺾어버린단 말인가.

갈라진 얼음이 그의 양옆을 가르면서 쏟아졌다.

막아내기는 했지만 괴한은 소름이 돋았다. 혹여 이 장법에 제대로 맞게 된다면 호신강기로 보호한다 해도 단숨에 온몸이 얼어붙어 버릴 게다.

콰드득!

반으로 갈라져 양옆으로 나눠진 장법이 연무장을 박살 내버렸다.

'이놈… 위험하다.'

괴한의 안색이 확연하게 바뀌었다. 복면 덕분에 얼굴이 드러나지 않았기 때문에 다행이지 그렇지 않았다면 동요를 일으키는 것이 당장에 들켰을 게다.

당황하는 우두머리의 마음을 알기라도 했는지 거리를 좁혀가던 자들이 한번에 이쪽을 향해 검을 날렸다.

사방에서 하얀 빛이 쏟아져 설무린의 몸을 난자하려 들었다.

탕!

탕탕!

그런데 용케도 그의 몸이 요리조리 움직이면서 괴한들의 검을 받거나 피해냈다.

그것뿐만이 아니다.

검을 피하는 와중에 휘두른 그의 손바닥에서 몇 가닥의 한기가 흘러나왔다.

"흐읍!"

누군가가 헛바람을 들이키는 소리가 들린다. 검을 휘두르다가 뒤로 물러선 자다. 그런데 그의 손이 하얗게 변해서 부들부들 떨리고 있다.

"이놈이……."

불신 가득한 표정으로 수장처럼 보이는 괴한이 신음을 흘렸다.

완벽한 연수 합격술이다.

사방의 방위를 점했고, 피할 공간을 만들어주지 않았다. 그런데 설무린이라는 자는 용케도 숨을 쉴 장소를 만들어냈고 오히려 반격까지 가했다.

사악!

"컥!"

몸을 뒤로 꺾으며 휘두른 설무린의 검에 수하의 손 하나가 날아가 버렸다.

군더더기 하나 없는 깔끔한 움직임에서 나온 자연스러운 베기다.

캉!

챙!

비어 있는 등으로 괴한 중 하나가 검을 휘둘렀다.

그런데 상대는 기이하게 몸을 비틀면서 그대로 날아드는 검을 쳐냈다.

그의 몸에서 일순 강력한 한기가 쏟아져 나온다. 주변을 감싸고 있던 괴한들이 황급히 뒤로 물러섰다.

쾅!

"으으! 괴물 같은……!"

한 명이 잘려진 팔을 부둥켜 잡고는 부들부들 떨었다.

단지 손이 잘려 나간 것이 전부가 아니다.

치밀어 오르는 한기.

몸이 꽁꽁 얼어붙어 버린 것만 같은 착각이 일면서 참지 못하고 턱이 잔경련을 일으킨다.

부들부들 떠는 수하들을 바라보며 괴한들의 수장은 설무린을 매섭게 노려봤다.

더불어 한 가지 생각이 그의 머릿속을 가득 채웠다.

'이놈은 반드시 이 자리에서 죽여야 한다.'

추후 거사에 크나큰 걸림돌이 될지도 모르는 자다.

반드시 죽여야 한다고 생각은 해왔지만 지금처럼 절실하게 느끼지는 못했다.

북해빙궁의 소궁주.

분명 그 이름이 지니는 무게는 작지 않다. 하지만 그의 나이는 아직 약관 정도밖에 이르지 못했다.

괴한이 소속된 세력은 어마어마하다.

괴한 자신보다 강한 자들의 숫자는 손으로 꼽기도 힘들 정도로 많다. 개중에는 가히 경천동지(驚天動地)의 경지에 올라선 자들도 있었다.

북해빙궁의 그 누구라도 죽이려고 든다면 죽일 수 있다. 단한 명, 북해빙궁의 궁주인 설군표를 제하고 말이다.

하지만 눈앞에 있는 이자의 몸에서 알 수 없는 향기가 풍긴다.

위험한 사내의 냄새.

뭔가 보면 볼수록 뒤가 켕기게 만드는 자.

이런 자는 더욱 강해지기 전에 죽여야 한다는 걸 무인의 길을 걸어오면서 몸으로 체득했다.

놔둔다면 아비처럼 범이 되고야 말 놈이다.

예상을 훨씬 웃도는 경지에 주춤한 수하들을 보며 그가 앞으로 걸어나갔다.

설무린의 시선이 자연스레 그에게로 향했다.

괴한들의 수장의 입에서 북해의 찬바람을 연상케 할 정도로 차가운 목소리가 흘러나왔다.

"처음부터 그럴 생각으로 왔지만… 본 궁을 위해서 네놈은 반드시 죽어줘야겠다."

"본 궁이라……. 슬슬 정체를 밝힐 생각이 드는 모양이군. 네놈들 정체가 뭐냐?"

"곧 죽을 놈이 궁금한 것이 너무 많아."

궁이라는 말에 설무린의 아미가 살짝 꿈틀댔다.

예상대로 무엇인가 알 수 없는 세력이 거동하고 있는 모양이다.

그는 생각을 끝냈다.

눈앞에 있는 자, 그리 녹록한 자가 아니다. 생각은 싸움이 끝나고도 할 수 있다.

괴한은 검을 들어올렸다.

"더는 소란을 일으키기 곤란하니까 끝내도록 하지."

설무린의 거처를 이렇게 대놓고 기습할 수 있었던 것은 사실 지리적 요소 탓이다.

그의 거처는 외곽에 위치해 있다.

중앙과 멀리 있으니 무인들의 감시가 뜸하다.

거기다가 설무린 스스로가 이곳 장원 출입을 막아둔 탓에 근방에 사람들의 통행도 무척이나 드물다.

하지만 점점 상황이 길어지면 북해빙궁의 무인들이 알아차릴 게다. 그렇게 되면 거사는 실패한다.

하지만…….

"후후."

괴한은 자신의 앞에 선 설무린을 보면서 자신도 모르게 나지막이 웃음을 흘렸다.

놈에게서는 강한 사내에게서나 나는 냄새가 풍긴다.

싸워보고 싶은 상대다.

그가 뽑아 든 검을 움직였다. 횡으로 날아든 검이 설무린의 목을 노렸다.

탕!

가볍게 받아냈다.

순간 괴한의 뒤에 있던 수하들이 움직인다. 애초에 무인답게 일 대 일로 비무를 펼치려고 오지 않았다. 비겁하다는 생각도 들지 않는다.

상대를 죽이러 온 것이지 싸우러 온 게 아니기 때문이다.

'어차피 살아남는 자가 이기는 것!'

샤라락.

어느 정도 경지에 오른 자들답게 움직임이 은밀하면서도 빠르다.

이곳으로 끌고 온 자들은 지회(地會) 소속의 무인 중 일부다. 대략 서른 명가량으로 전부가 일류 이상의 경지에 들어선 자들이었다.

명문정파에 간다고 해도 빠지지 않을 정도의 실력자들이라는 소리다.

그러한 자들과 절정에 다다른 고수 하나가 단 한 명 설무린을 향해 달려들고 있었다.

설무린은 그토록 거대한 힘들이 들이닥치는데도 불구하고 전혀 망설이지 않았다.

그는 손에 든 검을 들어올렸다.

가만히 있던 검이 꿈틀댔다. 검이 생명을 얻고 사방으로 요동치기 시작한 것이다.

카캉!

캉!

사방에서 날아드는 검을 설무린이 쳐내기 시작했다. 그의 옷자락이 마구 휘날린다.

빙글 돌면서 검을 피하며 그대로 종으로 내려친다. 하지만 상대들 또한 호락호락하지는 않는지라 간격 밖으로 벗어난다.

동시에 설무린의 손에서 한풍이 쏘아진다.

전방에서 몸을 피하려던 자는 피해내지 못하고 그대로 가슴이 관통당해 버렸다. 심장이 꿰뚫리는 순간 실이 끊어진 인형처럼 훨훨 날아가 그대로 땅에 쓰러졌다.

팽이처럼 돌면서 설무린은 그대로 공격과 방어를 동시에 해냈다.

타탕!

나이에 어울리지 않는 노련한 대처에 사방에서 공격해 들어가던 자들이 오히려 뒤로 밀려 버렸다.

돌면서 휘두르는 검은 용케도 빈틈을 비집고 들어가며 괴한들의 몸을 베고 지나간다.

순식간에 세 명의 무인이 부상을 입고 뒤로 빠져야만 했다.

"제법!"

괴한 수장은 품속에서 무엇인가를 꺼내 집어 던졌다.

부웅!

허공을 찢어발기는 것만 같은 소리가 울려 퍼졌다.

그의 손을 떠난 것은 동그란 륜(輪)이었다.

륜이 그대로 설무린의 목을 노렸다. 그는 멀리서 날아오는 륜을 보고 급히 고개를 뒤로 젖혔다.

샤악!

바람을 찢어발기는 날카로운 소리가 귀를 타고 흐른다. 륜이 아슬아슬하게 설무린의 콧잔등을 스치면서 지나쳤다.

설무린을 스치고 지나간 륜은 빠르게 괴한의 손으로 돌아갔다.

흑색의 륜을 든 그가 이번에도 빠르게 손으로 돌아온 흑륜을 집어 던졌다.

쒜에엑!

카앙!

날아드는 륜을 쳐냈지만 그 안에는 적지 않은 내력이 담겨져 있었다.

검과 흑륜이 부딪치는 순간 사방으로 불똥이 튀었다.

설무린은 검으로 받아내면서 살짝 인상을 찡그렸다.

륜은 무엇인가로 연결이 되어 있는 낫인지 그대로 뒤로 돌아갔다.

설무린은 그대로 몸을 허공으로 띄웠다. 바로 아래로 사방에서 검과 도가 날아들었다.

타타탕!

설무린은 그대로 착지하면서 병기들의 날 위에 밟고 올라섰다.

"헛!"

그들이 기겁을 하는 순간 설무린은 그대로 병기의 날에 선 채로 빠르게 발을 움직였다.

발은 정확하고 빠르게 그들의 목을 때렸다.

슉슉슉!

"컥!"

갑작스럽게 숨이 막히자 그들은 병기를 놓으며 뒤로 물러섰다.

설무린이 그들을 마무리하려고 움직이는 순간 비어 있는 등 뒤로 륜이 날아들었다.

쒜엑!

'젠장!'

살아 움직이는 륜은 이렇게 설무린을 방해했다. 가뜩이나 상대의 숫자가 적지 않은 판이다. 기회가 날 때마다 그 수를 줄이지 않는다면 점점 불리해진다.

그런데 이렇게 륜이 살아서 움직이니 확실하게 제압하는 것이 어렵다.

설무린이 막 몸을 비틀어 륜을 쳐내려고 할 때였다.

무엇인가가 옆에서 무서울 정도로 빠르게 다가왔다. 그의 안색이 확 굳어졌다.

'빠르다!'

달려드는 자를 막으려던 설무린은 익숙한 기운을 느끼고
는 멈칫했다. 이것은 북해에게서 느꼈던 기운이다.

그에게서 느껴졌던 기운이 지금 다가오는 자에게서 풍기
는 것이다.

'북설!'

상대의 정체를 알아차리는 순간 설무린은 그대로 몸을 돌
렸다.

날아드는 류에서 신경을 싹 씻어버리고는 그대로 뒤로 물
러선 자들을 향해 검을 움직인 것이다.

단 한 번도 북설의 실력은 보지 못했다. 하지만 무작정 그
녀의 실력을 믿는 것이다.

다른 사람도 아닌 북해가 인정하고 이곳으로 내보냈다면
그만한 능력을 가지고 있을 거라는 막연한 믿음이 있기에 가
능한 일이다.

류으로 시간을 벌려는 속셈이던 괴한은 갑작스러운 설무
린의 행동에 당황했다.

'저들을 죽이기 위해 등으로 내 류을 받겠다는 건가? 어리
석긴!'

류은 치명타는 주지 못할지언정 부상을 입게 만들 것은 불
보듯 뻔하다.

멍청한 짓이다.

차라리 류을 막았어야 한다. 물론 그리되어도 점점 불리해

져 결국 같은 운명에 처했겠지만 말이다.

그때,

타앙!

회전하는 류이 갑작스럽게 튕겨져 나온다. 그제야 괴한의 감각에 누군가의 기척이 잡혔다.

너무나 갑작스러운 등장이었고, 이곳에는 설무린밖에 없다 생각한 탓에 전혀 생각하지도 못한 일이었다.

"누구냐?!"

갑작스럽게 나타난 자의 손에서 휘둘러진 검에 류이 그대로 튕겨져 나왔다.

동시에 뒤쪽에서 밀려난 수하들이 피를 쏟으면서 쓰러진다.

버럭 소리를 지른 괴한의 눈에 류을 막아선 사람의 모습이 들어온다.

긴 머리카락에 눈처럼 하얀 피부…….

"계집……?"

앞을 막아선 것은 놀랍도록 아름다운 여인이다. 그렇지만 그 아름다움에 취할 시간이 없었다.

지척까지 다가오는 동안 제대로 기척을 느끼지 못했다. 괴,한은 급히 여인을 살폈다. 북해빙궁에서 설무린의 거처는 아무나 드나들 수 없는 곳으로 유명하다.

한데 이곳에 사람이 있다.

사람이 있는 것도 놀라운 일이거늘 더군다나 여인이다. 설무린이라는 사내는 무공에 미쳤다고 알려졌다. 여인에게는 눈도 주지 않고 오로지 무인의 외길을 걸어온 자다.

그런 그의 거처에 여인이라니…….

더군다나 이렇게 아름다운 여인이라면 북해빙궁에서도 소문이 나지 않았을 리 없다.

'설수진? 아니야. 설수진은 아니다. 그리고 그녀의 무공은 이리 빼어나지 못해. 그렇다면 누구지?'

흑의로 몸을 감싼 북설이 검을 든 채로 주변을 둘러본다. 주변에 숨어서 상황을 살피고 있던 그녀다. 처음엔 위험하다는 생각에 바로 도우려 했다.

하지만 설무린의 무공은 빼어났다.

아버지에게 분명 엄청나게 강해져 있을 거라는 말은 들었지만 직접 보니 생각 이상이었다.

북설은 내심 자신이 있었다.

무공을 익히면서부터 그 많던 잠도 확 줄였다. 하루에 두 시진 이상 자본 적이 없다. 손에서 검을 놓은 날은 난 하루도 없었다.

더군다나 자신에게 재능도 있다고 생각했다.

이 정도라면 설무린의 그림자무사로 부끄럽지 않을 거라는 자만심도 지닌 것이 사실이다.

그렇지만…….

‘나보다 강하서.’

설무린의 무공은 북설보다 빼어났다. 지금 그가 전력을 다 하지 않고 있음을 북설은 알고 있었다.

아직까지 설무린은 북해빙궁의 이대검공 중 하나인 설풍 수라마검도 쓰지 않았다.

아버지의 짐이나 되지 말라는 말의 뜻을 이제야 알겠다.

북설은 입술을 꼭 깨물었다.

짐이 될 생각은 없다.

빠르게 뒤에 있던 자들을 베고 설무린은 북설에게 다가왔다.

엉겁결에 둘은 적들에게 둘러싸인 채로 등을 맞댄 형상이 되어버렸다.

북설은 자신의 등에 맞닿는 설무린의 체온을 느꼈다.

바짝 닿은 등.

‘소궁주님을 만났어.’

그제야 소궁주를 다시 만나 그의 그림자무사가 되었다는 것이 실감나기 시작한다.

아주 오래전 치기 어린 결정이 지금 이렇게 현실이 되어 있 는 것이다.

그림자무사가 되어 그를 위해 싸우는 것.

북설은 싸움터인데도 불구하고 기분이 좋아졌다.

“제가 수하들을 맡겠습니다.”

그녀는 주변을 에워싸고 있는 자들을 바라보면서 말했다.

웬만한 무인들도 몇 초 버티기 힘든 일임에도 불구하고 너무나 담담하다.

그런데 설무린은 그러한 그녀의 말을 너무 쉽게 받아들였다.

"그래. 내가 저 륜을 쓰는 놈을 맡지."

설무린은 모든 정신을 단 한 명에게 집중하기 시작했다. 이 무리의 수장으로 절정의 경지에 들어선 고수다.

하지만 문제될 것은 없다. 이미 설무린은 그 단계를 뛰어넘은 지 꽤나 흘렀기 때문이다.

다수로 달려들었을 때는 귀찮은 상대였지만 일 대 일의 싸움이라면 몇 초면 끝낼 수 있다.

설무린의 시선을 눈치 챘는지 괴한 또한 똑바로 정면을 주시했다.

'귀찮아졌어. 대체 우리가 모르는 여고수라니……'

북해빙궁을 주시하며 거의 모든 사람들에 대한 정보를 긁어모았다.

심지어 삼류무사들의 배경까지도 모두 파헤쳤다. 그러한 그들에게도 저 여인에 대한 정보는 전혀 없었다.

정체를 알 수 없는 여인. 그렇지만 무공 실력은 절정 이상이다.

북설은 설무린이 우두머리를 상대할 수 있도록 먼저 길을 열었다.

"하압!"

그녀의 손에 들린 검에서 하얀 검기가 쏟아져 나왔다. 매섭도록 차가운 검기에 주변에 있던 자들이 사방으로 갈라졌다. 그때를 놓치지 않고 북설이 앞으로 뛰쳐나갔다.

검에서 놀랍도록 시린 한기가 스며 나온다.

한월지극검(寒月地劇劍).

모든 것을 얼릴 정도의 한기를 토해내는 북해의 검법 중 하나다. 그녀의 검에 실린 한기에 괴한들은 몸을 사렸다.

탕!

그녀의 일검이 화살처럼 쏘아져 나간다.

더불어 움직이는 북설의 보법은 절제되어 있으면서도 그 속에 있는 변화는 끝을 알 수 없을 정도였다.

그렇지만 거기까지다.

그녀는 적당히 거리를 두면서 설무린의 곁을 떠나지 않았다. 그가 적의 우두머리와 싸울 수 있는 환경을 만들어주기 위해서다.

그녀는 거리를 둔 채로 다가서는 자들을 뒤로 밀어내는 데 집중했다.

덕분에 설무린은 상대와 일 대 일로 마주 서게 되어버렸다.

복면의 괴한이 웃음을 흘렸다.

"흐흐! 놀라운 일이로군. 본 궁이 알아차리지 못한 저 정도의 실력자가 북해빙궁에 있다니⋯⋯."

"그다지 놀랄 일은 아닌 것 같은데. 정보를 모으는 놈들이

형편없어. 그렇지 않고서야 이 정도 놈들로 날 죽이겠다고 오지는 않았겠지.”

“네놈에겐 우리로도 과하다고 생각하는데.”

“그 말, 곧 쏙 들어갈 거야.”

설무린이 검을 고쳐 잡았다.

시간을 끌 이유가 없다. 북설에 대한 걱정은 전혀 들지 않는다. 북해가 인정한 그녀가 저 정도의 자들에게 패하지는 않을 게다.

그의 기세에 괴한은 상대가 북해빙궁의 이대검공을 펼치려는 것을 눈치 챘다. 그는 사방으로 퍼져 나가는 한기를 느끼며 확답을 얻는 것처럼 말했다.

“빙령신검을 쓸 생각이군.”

“틀렸어, 멍청아.”

이죽거린 설무린의 손에서 검이 움직였다.

웅장하면서도 화려한 빙령신검을 예상하고 있던 괴한은 갑작스럽게 길라지는 검을 보며 급히 발을 뒤로 움직였다.

시사삭!

빠르다. 그리고 변화무쌍하다.

설풍수라마검이다.

사방에서 날아드는 검을 급히 피하기는 했지만 잔영 몇 개가 괴한을 스치고 지나갔다.

두건이 그대로 잘려져 버렸다.

만약 조금이라도 망설였다면 그대로 머리가 반쪽이 나버렸을 게다.

잘려 버린 두건이 천천히 흘러내린다.

설무린은 검을 어깨에 걸면서 웃음을 흘리면서 말했다.

“큭큭, 그 잘난 얼굴 한번 볼까?”

“…원한다면.”

괴한은 반쯤 너덜거리는 복면을 한 손으로 움켜잡고는 그대로 잡아당겼다.

찌익!

괴한은 서슴지 않고 자신의 복면을 찢었다. 설무린 또한 예상치 못한 상황에 멈칫하면서 상대의 얼굴을 응시했다. 복면이 찢겨지면서 괴한의 얼굴이 드러났다.

설무린이 인상을 찡그렸다.

“네놈……..”

“크크. 어떠냐, 소감이?”

정체를 알 수 있을까 하는 생각을 가졌던 설무린이 고개를 설레설레 젓는다.

마치 문둥병이 걸린 것마냥 녹아내린 얼굴 때문이다. 문제는 이것이 결코 병 때문이 아니라는 거다.

그렇다면 답은 하나다.

“설마 일부러 그렇게 만든 건가?”

“그렇다. 네놈을 죽이기 위해 약으로 이렇게 만들었다.”

괴한은 당당하게 대답했다.

꼬리를 밟히지 않기 위해서다.

혹여 계획했던 일이 실패로 돌아갔을 때도 행색이 이래서야 뭔가 단서를 찾기가 어렵다.

"지독하군."

차갑게 내뱉는 말에는 내심 분노가 섞였다.

맘에 들지 않는다.

당장이라도 이들의 우두머리를 만나 뒷간에라도 처박아버리고 싶은 심정이다.

구역질이 날 정도로 설무린은 화가 났다.

그런 분노를 애써 억누르며 그는 차갑게 말을 내뱉었다.

"아무래도 네놈들의 우두머리 좀 만나봐야겠다. 그러니까 서둘러 끝내지."

"우리의 수장께서는 네놈 따위와 만나 대화할 정도로 시간이 넘치시는 분이 아니야."

"후후! 누가 그딴 놈하고 대화한다고 했나? 뒷간에 처박아버리려는 거지."

"감히 이놈이!"

처음으로 괴한이 화를 내며 설무린에게 달려들었다. 그의 손에 들린 검에서 강기가 쏟아져 나왔다. 설무린 또한 손바닥을 움직여 빙백신장을 쏘아냈다.

콰콰쾅!

강기와 부딪치고도 빙백신장은 상대를 집어삼킬 듯이 다가갔다.

"우습게보지 마랏!"

빙백신장을 뛰어넘으며 괴한은 다른 손에 들린 륜을 집어던졌다.

휘리릭!

흑륜이 원을 그리며 돌면서 설무린을 노렸다. 동시에 앞쪽에서는 괴한의 검이 다가섰다.

그런데 설무린이 가만히 선 채로 날아드는 륜도, 다가오는 검도 피할 생각을 하지 않았다.

대체 무슨 꿍꿍이인지 알 수가 없다.

'날 우습게본 대가로 네놈 목이 날아갈 게다!'

괴한의 검보다 흑륜이 먼저 설무린의 목에 와 닿았다.

그때 설무린의 신형이 유령처럼 뒤에서 나타났다. 막 그의 지척에 다다른 괴한은 그 움직임에 놀라고 말았다.

갑작스럽게 한 보 뒤로 물러선 것이다.

그 탓에 륜은 설무린의 앞을 스쳐 지나갔을 뿐 아무런 타격도 주지 않았다. 하지만……

괴한의 손에 들린 검이 매서운 강기와 함께 설무린에게 쏟아졌다.

륜의 간격에서는 피해낼 수 있었을지 모르지만 이 검과 강기를 피하는 것은 무리다.

그때 설무린의 몸이 갑작스럽게 앞으로 다가왔다.

'지금!'

갑작스러운 행동이었지만 괴한 또한 절정고수다. 이 정도의 일에 놀라거나 할 턱이 없다. 그는 예상하고 있었다는 듯이 빠르게 검을 휘둘렀다.

한데 훨씬 빠르게 움직인 그의 검보다 더욱 빠르게 설무린의 검이 그의 손목을 베고 지나갔다.

성컹!

검을 들고 있던 손이 그대로 허공으로 솟구쳤다. 너무나 빨랐기에 고통을 느끼는 것도 조금 늦었다.

"큭!"

그가 다른 손으로 손목을 부여잡은 채 몸을 돌리는 순간,

사악.

차가운 검이 목에 닿으면서 온몸이 뻣뻣하게 굳어버렸다. 설무린의 검이 이미 그의 목에 닿아 있었던 것이다.

괴한은 믿을 수 없다는 눈으로 실무린을 바라봤다.

분명히 자신의 검이 더 빨랐다.

설무린이 검을 뽑아 들고 움직이는 것은 봤지만 뭔가가 이상했다. 갑작스럽게 다가온 검이 어느새 자신의 팔목을 날려버렸다.

피가 쉬지 않고 잘려진 손목에서 흘러나왔다.

"어떻게 나보다 더 빠를 수가……?"

도저히 현실이 믿기지 않는지 그가 중얼거렸다. 그리고 그 틈을 이용해 설무린은 빠르게 그에게로 다가서 혈도를 제압했다. 그리고 그 틈을 이용해 설무린은 그가 자결하지 못하게 빠르게 다가서서 혈도를 제압했다.

괴한은 매섭게 눈을 치켜뜬 채로 설무린을 노려보면서 천천히 쓰러졌다.

쓰러진 그를 내려다보며 설무린이 중얼거렸다.

"격보와 운보다."

앞으로 한 걸음 내딛는 격보, 뒤로 한 걸음 물러서는 운보.

북해동에서 북해에게 배웠던 격보와 운보가 이제는 그의 모든 무공에 자연스럽게 녹아드는 경지에 이르게 된 것이다.

괴한이 궁금해하던 것에 대한 대답은 해줬지만 들을 수 있을 리 만무하다.

이미 혈을 제압당해 혼절한 그가 설무린의 말을 어찌 듣겠는가. 그리고 설령 들었다고 해도 격보와 운보가 무엇인지 그는 이해하지 못할 게다.

설무린은 땅에 쓰러진 괴한의 수장에게서 시선을 돌렸다.

근방에 있던 적들 모두 이 싸움을 봤을 게다. 그들은 쓰러진 자신들의 우두머리를 돕기 위해 계속해서 움직이려 했지만 원하는 대로 되지 않았다.

검을 들고 서 있는 북설.

아담한 여인이 이 순간 적들에게는 너무나 크게 보였다.

움직이는 순간 그녀의 검이 따라서 움직인다.

유령처럼 다가와 자신도 모르는 사이에 목을 그어버리고 사라진다.

섣부르게 움직이다가 죽은 자만 다섯, 부상은 그 갑절.

그렇지만 상대의 부상은 너무나 경미하다. 살짝 스친 검상 두어 개만이 그녀가 입은 부상의 전부다.

그것도 북설이 자리를 지키려고 했기에 입은 부상이지 그렇지 않았다면 이들은 그녀에게 손 하나 대지 못했을지도 모른다.

볼에 살짝 긁힌 상처에서 붉은 피가 배어 나온다.

북설은 미동도 하지 않았다.

첫 살인에 속에서 이런저런 감정이 오갔겠지만 겉 표정에는 아무런 변화도 없다.

전부 북해가 가르쳐 준 것이다.

그림자무사는 언제나 침착해야 한다. 웬만해서는 감정을 드러내서는 안 되는 것이 바로 그림자무사나. 그랬기에 북설은 애써 모든 감정을 죽이려고 애썼다.

첫 살인을 저지르고 마음이 편할 리 없다. 하지만 검을 든 이상 각오했던 일. 이 정도의 각오도 없이 그림자무사가 되겠다고 나선 것이 아니다.

살짝 떨리던 손도 이제는 진정된다.

구역질을 치밀게 하는 혈향(血香)도 이제는 익숙해져야만 하는 것이다.

마음을 다잡자 무서울 정도로 북설은 냉정함을 유지할 수 있었다.

무리의 수장이 제압당해서 당황스러워할 거라고 생각했는데 예상이 빗나갔다.

그들은 전혀 동요하지 않고 제자리를 지켰다.

어지간히 단결된 자들이라고 해도 머리가 잘려 나가면 흔들리게 마련이다.

한데 이들은 그런 모습을 보이지 않는다.

'그만큼 대단한 집단이라는 소리겠지.'

아직은 그 꼬리조차 잡지 못한 자들이다.

언제부터 준비된 자들인지, 노리는 것이 무엇인지도 정확하게 모른다. 하지만 하나 확실한 것은 북해빙궁을 손에 넣으려고 한다는 거다.

그리고 그들이 만만하지 않다는 것도.

그들의 앞을 막아서고 있던 북설이 입을 열었다.

"소궁주님, 죽입니까?"

"아니. 놈들을 잡는다."

비록 수장인 자를 잡기는 했지만 정보를 캐낼 자는 많으면 많을수록 좋다. 그때 가만히 있던 괴한 중 하나가 슬쩍 수신호를 보냈다.

그들을 예의 주시하던 설무린이 그러한 모습을 놓칠 리가 없다.

하지만 일은 순식간에 벌어졌다.

화아악!

"이런!"

수신호를 확인하는 순간 갑작스럽게 괴한들의 몸이 불에 휩싸였다.

그들의 몸은 거의 동시에 불에 휩싸여 재로 변해 버렸다.

설무린과 북설이 어떠한 방비도 하기 전이었다.

설무린은 재로 변해 아무런 증거도 남지 않은 주변을 보며 이를 악물었다.

지독한 놈들이다.

수장이 잡히는 순간 이들은 목숨을 끊을 것을 명 받았던 게 다.

상황이 그리되자 한 치의 망설임도 없이 준비해 온 무언가를 이용해 몸에 불을 붙였다.

"중요한 걸 놓쳤군."

설무린의 시선이 뒤쪽에 있는 괴한에게도 향했다. 얼굴이 흉측하게 망가져 실제 모습은 알아볼 수 없지만… 시신만 있어도 알아낼 수 있는 것은 무궁무진하다.

하물며 목숨이 붙어 있는 자라면 그보다 몇 갑절은 쓸모가 있다.

물론 순순히 자신들에 대한 이야기를 밝힐 거라고는 생각하지 않는다.

임무가 실패하는 순간 초개처럼 목숨을 던지는 자들이다.

하지만 무엇인가 단서를 잡을 만한 것이 생겼다는 건 부정할 수 없는 사실.

우선은 그것으로 만족하기로 했다.

'아버지를 뵈러 가야겠군.'

북설의 문제로 날이 밝으면 찾아뵈려 했던 그다. 하지만 이러한 일이 벌어졌으니 겸사겸사 해서 모습을 보이려는 게다.

설무린은 옆에 쓰러져 있는 그를 들쳐 업었다.

그가 북설을 바라보며 말했다.

"북설."

"예, 소궁주님."

"앞장서서 길을 터. 이자를 아버지가 있는 곳으로 데려가려고 한다. 아직 이곳 길을 모를 터이니 내가 전음으로 알려주지."

분명 북해빙궁 내에서도 이들과 연관된 자들이 있을 게다. 한밤에 자신이 이자를 들쳐 업고 북해빙궁 내부를 돌아다닌 것이 알려지기를 바라지 않는 거다.

이 일은 자신과 북설, 그리고 아버지, 이렇게만 알아야 할 일이다.

고개를 끄덕인 북설의 모습이 눈에서 사라졌다. 그렇지만 그 기척의 끝이 설무린에게는 미약하게나마 느껴졌다. 집중

하지 않으면 알아차리기 어려울 정도다.

설무린 또한 사람들이 잘 다니지 않는 길이 있는 방향으로 움직였다.

설무린의 전음이 북설에게로 향했다.

"우선은 북쪽으로."

그녀의 기척이 북쪽으로 향한다.

설무린은 어깨에 괴한을 둘러멘 채로 천천히 움직이기 시작했다.

'거적때기 같은 걸 구해야 할 것 같은데……'

아무리 사람이 보이지 않는다고 해도 이런 밤에 시체마냥 늘어진 사내를 메고 다니는 건 그리 좋은 기분이 아니다.

설군표 또한 설무린과 마찬가지로 잠자리에 들지 않은 상태였다.

그 또한 다소 이른 시각에 잠이 들었다가 음기가 충만한 지금 자리에서 일어나 자신만의 시간에 잠겨 있었다.

이곳은 북해빙궁의 그의 거처에 있는 조그마한 서재다.

설군표는 시간이 날 때면 이곳에 와서 조용히 시간을 보내곤 한다.

가볍게 무공 훈련을 끝마친 설군표는 서재에 앉아 무엇인가 곰곰이 생각에 잠겨 있었다. 두 눈을 감은 채로 상념에 잠겨 있던 그가 입을 열었다.

"무린이냐?"

순간 바깥에서 여태까지 느껴지지 않던 인기척이 나기 시작했다.

문을 열고 모습을 드러낸 것은 거적때기로 무엇인가를 들쳐 업은 설무린이었다.

그가 퉁명스럽게 입을 열었다.

"용케도 아시는군요. 저한테 만리향(萬里香)이라도 묻혀두신 거 아닙니까?"

"만리향이 얼마나 비싼 물건인데 네놈에게 그걸 뿌려. 돈 아까운 소리지."

만리향은 독특한 향기를 지닌 독이다.

그것은 중독이 되는 것이 아니다. 만리향은 오히려 향수처럼 향기를 내는 독이다.

만약 만리향이 묻으면 만 리를 벗어나기 전까지는 그 위치를 숨길 수가 없다. 물론 만리향의 종류에 따라 만든 사람밖에 알아차리지 못한다는 특성이 있기는 하지만 말이다.

설군표의 시선이 자연스럽게 설무린의 어깨에 들쳐 메 있는 거적으로 향했다.

"그건 또 뭐냐?"

"보시죠."

설무린은 그대로 거적때기를 땅에 던졌다.

쿵!

"사람이로군."

거적을 펴기도 전이거늘 소리만으로 설군표는 그것의 정체를 알아차렸다. 놀라운 능력이다.

설무린이 고개를 끄덕였다.

설군표가 고개를 저으면서 장난스럽게 말했다.

"여자도 아닌 남자를 이렇게 납치해서 데리고 올 줄이야……. 취향이 독특하구나."

"…농담이나 들으러 온 게 아닙니다만."

"재미없기는."

"이놈, 수진이를 죽이려 했던 자들과 한패입니다."

그는 더 이상 설군표의 장단에 놀아나기 싫었는지 딱 잘라 말했다. 설무린의 말에 설군표는 거적때기를 한번 바라보았을 뿐 크게 놀라거나 하지 않았다.

그러자 오히려 설무린이 그에게 물었다.

"놀라지도 않으십니까?"

"어차피 네가 바라던 일이 아니더냐. 수진이를 기습한 놈들을 일부러 놔주면서 이러한 일을 기다렸을 디인데."

"……."

설무린이 설군표를 바라본다.

언제나 자신의 생각을 미리 알고 있다. 사람들은 설무린을 보면서 속내를 모르겠다고 하지만 설군표만큼은 그를 이해하고 있다.

친혈육도 아니거늘 이토록 서로가 서로에 대해 알 수 있다는 것이 참으로 신기했다.

설군표가 자리에서 일어나 거적때기로 다가섰다. 그는 손가락으로 거적때기를 살짝 치웠다.

드러난 것은 완전히 일그러진 얼굴.

망가진 얼굴을 조용히 바라보던 그가 설무린에게 시선을 돌렸다. 설군표가 시신을 가리켰다.

"이 얼굴, 네가 이렇게 한 건 아닐 테고… 처음부터 이랬느냐?"

"그렇더군요."

"쯧."

가볍게 혀를 찬 설군표가 거적때기로 다시 얼굴을 가렸다. 그는 아무렇지 않은 듯이 행동했지만 그 안에서 내심 걱정이 일고 있다는 걸 설무린은 알아차렸다.

상상 이상으로 적들의 세력이 클지도 모른다는 생각에서 드는 걱정이라는 것도.

자리에 앉은 설군표가 물었다.

"암습을 당했겠지?"

"연무장에서 기다리고 있더군요. 제 평소 생활을 알지 않고서야 불가능한 일이죠."

"예상했던 일이지만 역시 내부에 제법 간자들이 있는 모양이로군."

아무렇지 않다는 듯이 말하고는 있지만 속내가 그리 좋지
만은 않을 게다.

우중충한 분위기를 개선이라도 시킬 것마냥 그가 설무린
을 바라봤다. 설군표가 우습다는 듯이 입꼬리를 올렸다. 그
모습에 설무린은 얼굴을 찡그렸다.

"뭐가 재미있다고 웃으십니까? 이 일이 재미있으신 겁니까?"

"아니. 너에게 꼬리가 하나 붙었는데… 네놈도 알고 있는
것 같아서 말이야. 소개시켜 줄 의향은 없는 건가 해서."

"쳇."

설무린이 혀를 찼다.

건방져 보일 수도 있지만 설군표와 설무린은 보통의 부자
사이와는 다르다.

피가 이어지지 않아서가 아니다. 비록 피가 이어진 부자지
간은 아니지만 서로가 서로를 생각하는 것은 다른 그 누구 못
지않다.

둘을 잘 아는 사람들이라면 이 사내들이 마치 서울을 앞에
둔 것마냥 닮았다는 생각을 했다.

물론 그러한 생각을 겉으로 내비치면 바로 둘 다 기겁하면
서 손사래를 치지만 말이다.

부자지간의 정도 그러하다.

둘 모두 내색하지 않고 퉁명스럽게 행동할 뿐이지 서로를
생각하는 마음은 끔찍하다.

설무린은 툴툴거리며 입을 열었다.

"북설, 들어와."

"……."

북설이라는 이름을 듣는 순간 설군표가 잠시 멈칫했다. 물론 그것은 아주 짧은 시간이었기 때문에 바로 앞에 있는 설무린조차 알아차리지 못했지만 말이다.

설무린의 명령이 떨어지자 몸을 감추고 있던 북설이 어둠 속에서 조용히 나타났다.

북설이 모습을 드러내자 설군표는 그녀를 뚫어져라 바라봤다.

여자 아이가 낯설지가 않다. 누군가의 모습이 그녀의 뒤에 겹쳐져 보인다.

오래전 보았던 한 여인이…….

설군표가 입을 열었다.

"혹시 네 아버지가… 북해냐?"

"그렇습니다."

"허, 허허, 북해의 딸이라니……."

설군표는 자리에서 일어나 북설에게 다가갔다. 그녀에게 다가간 설군표가 고개를 돌려 설무린을 바라봤다. 이것이 어떻게 된 일이냐고 캐묻는 듯한 눈초리다.

"제 그림자무사가 되겠다고 찾아왔습니다."

"뭐? 그림자무사가 되기 위해 왔다고?"

“저한테 묻지 말고 당사자한테 묻는 게 더 빠르지 않습니까.”

설무린이 쏘아붙이자 설군표는 북설을 바라보면서 물었다.

“그 말이 사실이냐?”

“네.”

“왜 하필이면 그림자무사를……. 세상에 나오기 위해서냐?”

“아닙니다.”

북설은 망설이지 않고 대답했다.

설족이 세상에 나오기 위해서는 그림자무사가 되어야 한다. 그것이 바로 북해빙궁의 오래된 율법이다.

한데 그게 아니라고 한다.

세상에 나오고 싶어서가 아니라면 그림자무사가 되려고 하는 것 자체가 이해가 되지 않는다. 그것도 다른 자도 아닌 설무린의 그림자무사가 말이다.

소궁주의 그림자무사가 되면 죽는다.

열에 아홉, 아니, 백에 구십구는 죽는다.

그것은 한때 소궁주에서 지금의 궁주가 된 설군표가 누구보다 잘 아는 일이다.

설군표는 궁주가 되는 과정에서 꽤나 많은 피를 흘린 경우다. 덕분에 그의 그림자무사는 어릴 때부터 수십 차례 바뀌곤 했다.

북해, 그가 오기 전까진 말이다.

설군표는 북설을 바라보며 안타까운 표정을 지어 보였다.

‘그 친구… 자신의 딸은 그림자무사가 되기를 바라지 않았
는데.’

이런저런 생각이 들었지만 그러한 속내를 설군표는 표현
하지 않았다.

그림자무사의 길이 얼마나 괴로운지 잘 아는 사람 중 하나
가 바로 그다. 하지만 북설이 정한 길이다. 그리고 북해가 승
낙한 길이기도 할 게다.

그렇다면 아무런 말도 안 하련다.

할 말은 이 밤을 꼴딱 지새워도 모자랄 정도지만 그 어떠한
말도 하지 않는다.

대신 설군표는 북설의 어깨에 손을 올렸다. 그녀가 황급히
그를 올려다본다.

설군표는 친딸을 바라보는 듯한 애정 어린 눈으로 북설을
바라봤다.

“힘들 것이다.”

“각오했습니다.”

“…그래. 후후, 네 아버지의 피를 이었으니 넌 분명히 훌륭
한 그림자무사가 될 수 있을 게다.”

설군표는 걱정스런 마음을 감췄다.

어차피 백 마디의 충고도 듣지 않을 게다. 북해의 피를 이
었다면… 응당 그럴 것이 분명하다.

자신이 정한 길이라면 옹고집처럼 밀고 나가던 북해의 모

습이 떠올랐다.

그때 묵묵히 서서 이야기만 듣고 있던 설무린이 입을 열었다.

"그런데 정작 중요한 것은 묻지 않으시는군요, 아버지."

"중요한 것이라니?"

"북해동에서 어떻게 나왔느냐라는 거죠. 역시 아버지도 비밀 통로가 있다는 것을 알고 계셨던 모양입니다."

"허허."

설군표는 정확한 대답을 하지 않고 웃음을 흘렸다. 하지만 그것만으로도 이미 대답은 들은 것과 진배없었다.

그 입구를 통해 설군표와 북해는 만났을 게다.

그것이 어떠한 연유였을지는 몰라도 분명히 그러했을 거라는 확신이 든다.

"무린아."

설군표가 다소 나긋한 목소리로 그를 부른다.

"이 아이를 부탁하마."

"아버지가 그리 말하지 않으셔도 그럴 생각입니다."

설무린의 간단한 대답.

하지만 그가 한 말이니 믿어도 될 게다. 한 번 내뱉은 말은 목숨을 걸고서라도 지키는 아이니까.

설군표는 마음을 푹 놓고는 자신의 자리에 가서 다시 앉았다.

“그럼 밤이 늦었으니 가보도록 하거라. 저기 있는 거적때기는 내가 알아서 하지.”

“그럼 가보지요.”

설무린이 먼저 인사를 끝마치고 몸을 돌렸다.

북설은 설무린의 뒤를 쫓기 전에 설군표에게 먼저 포권을 취했다.

아버지에게 귀가 따갑게 들었던 인물이다.

설군표는 자신에게 포권을 취하는 북설을 보며 슬쩍 웃음을 지으며 손을 휘휘 저었다.

“가보아라. 네가 지켜야 할 것은 내가 아니니.”

말이 끝나기가 무섭게 북설의 모습은 방 안에서 찾을 수가 없게 되었다.

갑작스럽게 두 명이 사라지자 방이 텅 빈 느낌이다.

설군표가 자리에서 일어나 거적에 싸인 괴한에게 다가갔다.

그가 중얼거리듯이 말했다.

“참으로 재미있는 인연이로군.”

아버지인 북해는 자신의 그림자무사로, 그리고 그 딸은 설군표의 자식인 설무린의 그림자무사가 됐다.

이것이 과연…….

第三章

객(客)

설무린의 표정이 떨떠름하다.

그리고 그런 그의 얼굴을 보며 설군표는 오히려 즐기는 것 같은 모습이다. 그가 싫다는 기색을 얼굴에 가득 담은 채로 헛설음질쳤다.

"왜 제가 나삽니까?"

"그럼 누굴 내보내?"

"아니, 그 여자는 왜 이런 때 갑자기 북해빙궁을 찾아와 서……."

어처구니없다는 어투로 중얼거린 설무린은 설군표를 바라 봤다.

설군표는 사전에 이들이 온다는 것을 알고 있었지만 여태까지 설무린에게 단 한 번의 언급도 하지 않았다. 그러다가 막상 야수궁의 사람들이 근방에 왔을 때야 진실을 밝힌 것이다.

갑작스러운 호출에 무슨 일인가 했던 설무린은 이야기를 전해 듣고는 귀찮다는 속마음을 숨기지 않았다.

야수궁의 사람들을 맞이하러 가는 것도 상당히 귀찮은 일이다. 하지만 문제는 야수궁의 사람 중에 만나고 싶지 않은 사람이 있어서이다.

야수궁 소궁주 사도혜.

그녀가 이곳까지 오고 있다.

야수궁에 돌아간 이후로도 줄기차게 연락해 왔지만 설무린은 서찰을 무시했다. 그러던 차에 이렇게 사도혜가 이곳으로 오고 있는 것이다.

'귀찮게 됐군. 그 우악스러운 성격에 들들 볶아댈 것이 뻔한데.'

장난스러운 표정을 짓고 있던 설군표가 얼굴에서 웃음을 거두었다.

사실 그도 사도혜까지 행렬에 껴서 올지는 몰랐는지라 처음 들었을 때는 내심 당황했다. 하지만 그 사실을 알았을 때는 이미 상당히 먼 거리를 왔을 때였다.

더군다나 그녀의 성격상 돌아가라고 한다 해도 쉬이 듣지 않을 거라는 것도 잘 알고 있었다.

솔직히 말해 사도혜의 방문은 설군표 또한 원하지 않았다.

그것은 바로 현재 북해빙궁의 사정 때문이다.

북해빙궁 내에서 일어나는 일은 자신들의 책임이 없다고 볼 수 없었다.

혹여 야수궁의 소궁주인 사도혜가 이곳에서 다치거나 죽기라도 한다면 일은 걷잡을 수 없이 커진다.

아마 그들은 사도혜를 노릴 게다.

그녀가 북해빙궁의 영향권 안에 들어서면서부터 항시 기습에서 지켜줘야 하는 것이 자신들의 몫이다.

“오늘 오후면 근방에 도착할 게다. 나가서 북해빙궁으로 안내를 해주는 게 네 임무다.”

“기습을 가하지는 않을 것 같은데요. 바보가 아니라면…….”

설군표가 고개를 끄덕였다.

기습은 없을 것이다.

벌건 대낮에 정면으로 칠 정도로 야수궁의 인물들은 녹록지 않다. 아무리 알 수 없는 세력이 상하다고 해도 짧은 시간 안에 야수궁을 궤멸시키기는 불가능할 게다.

더군다나 지금 그 행렬에는 설군표 또한 쉽사리 대할 수 없는 인물도 있다.

적발야차(赤髮野叉) 맹정(孟丁)이라는 자다.

야수궁 이대장로의 하나로 그 나이가 벌써 여든이 넘은 자였다. 그의 붉게 물들인 머리카락은 야수궁이 있는 남만에서 무수히 많은 전설을 만들어냈다.

그가 무리에 있다.

웬만한 자들은 적발야차 맹정의 일격도 받아내지 못한다.

"조심해서 나쁠 건 없지. 그건 너도 알 텐데?"

"거참, 귀찮게 하는 아가씨로군요."

설무린 또한 말만 그리할 뿐이지 이 일의 중요성을 누구보다 잘 알고 있었다. 북해빙궁에서는 혹여 있을지도 모르는 모든 일에 대비를 해야 한다.

"그럼 신시까지 이곳으로 가면 만날 수 있을 거다."

설군표는 지도의 한 부분을 손가락으로 짚었다.

신시까지 약속된 장소로 향하기 위해 설무린은 거처에서 나오자마자 바로 움직였다. 설군표가 미리 준비해 둔 무인 이십여 명이 그의 뒤을 따랐다.

그런데 설무린을 따르는 자들 몸에서는 무공을 익힌 흔적이 보이지 않았다.

하지만 이들이 바로 북해빙궁 최고의 무력 단체인 북황검위대(北皇劍衛隊)의 인물들이었다.

백여 명이 조금 넘지만 그들의 무력은 북해빙궁에서 최고를 자랑한다.

궁주만이 움직일 수 있는 직속 무력 단체로, 그들은 북해빙궁 내에서 독자적인 세력을 유지하고 있었다.

북황검위대 대주를 대신해 부대주인 흑의서생(黑衣書生) 요지광(瑤池光)이 무리를 이끌었다.

항상 흑의를 즐겨 입으며 늘 손에서 섭선을 놓지 않는 자로, 처음 보는 이는 서생으로 오해할 법하다. 하지만 흑의서생 요지광을 아는 사람이라면 그를 결코 서생으로 생각하지 않는다.

그는 북황검위대의 부대주다.

그 한 마디만으로 굳이 무공 실력에 대해 논할 필요도 없는 자다.

무척이나 경사가 가파른 천산이지만 이들은 어렵지 않게 산을 타고 뛰어내려 갔다.

흡사 그 모습이 마치 하늘을 나는 것만 같아 보인다.

선두에는 설무린과 요지광이 섰다.

거친 경사를 미끄러지듯이 떨어져 내린 그들은 마침내 약속된 장소에 이르렀다.

그토록 먼 거리를 격하게 달리고도 일행 중에서 숨이 흐트러진 자는 보이지 않는다. 그리고 그것이 이들에게는 너무나 당연히 느껴졌다.

멈추어 선 요지광은 근방에 있는 커다란 바위에 걸터앉았다. 그리곤 섭선을 펼쳤다.

그는 부채질을 하면서 옆으로 다가온 설무린에게 말을 걸었다.

“제법이군요.”

“뭐가 말입니까?”

“따라오는 자 말입니다. 기척을 감추고도 이렇게 빨리 움직이는 저희를 쫓을 줄은 몰랐습니다.”

“아아!”

북설 이야기다.

다른 자는 몰라도 요지광의 감각까지는 속이지 못한다. 그랬기에 설무린이 애초에 그에게만은 북설의 존재에 대해 언급해 둔 것이다.

그림자무사 한 명이 생겼다는 말을 요지광은 그리 대수롭지 않게 넘겼다.

그런데 뒤쫓아오는 실력이 제법이다.

단순히 쫓아오는 것만이 아니다.

기척을 숨겼다.

아마 요지광을 제하고 다른 자들은 그녀의 기척을 알아차리지 못했을 게다.

물론 싸울 때라면 이야기는 달라지겠지만 말이다.

요지광은 자리에 앉은 채로 수하의 이름을 불렀다.

“담청!”

“옛.”

한 명이 쉬던 상태에서 바람처럼 그에게 다가와 고개를 숙였다.

요지광이 고갯짓으로 아래를 가리켰다.

"미리 내려가서 확인해 봐. 무슨 이상한 일이 벌어졌다 싶으면 바로 연락을 취하도록 하고."

"알겠습니다."

말을 마친 담청이라는 사내는 그대로 산 아래로 몸을 감췄다.

잠시 시간이 남자 북황검위대의 무인들은 다들 자리를 찾아 휴식을 취했다.

항시 무슨 일이 일어날지 모르기에 최대한 체력을 비축해 두려는 거다.

쉬는 데도 불구하고 이들에게서는 약점이 보이지 않는다.

그만큼 잘 훈련된 자들이라는 소리다.

시간이 지나고 모습을 감췄던 담청이 아래에서 빠르게 올라왔다.

섭선을 펼친 채로 주변의 전경에 빠져 있던 요지광이 그에게 시선을 돌렸다.

담청이 고개를 숙이며 자신이 보고 온 것을 알렸다.

"바로 아래쪽에서 오십니다. 이각 정도면 도착할 듯합니다. 그리고 거슬러 오실 길을 뒤져 봤지만 누군가의 어떤 흔적도 없었습니다."

"수고했군."

요지광이 섭선을 접으며 자리에서 일어났다. 그의 시선이 산 아래로 향한다.

두 눈동자가 생기로 반짝거린다.

요지광이 옆에 있는 설무린을 향해 뭔가를 기대하는 목소리로 말을 걸었다.

"들으셨습니까? 맹정이 온답니다."

"아버지께 들었지요."

"한번 보고 싶었던 자인데… 이렇게 보게 되는군요."

적발야차 맹정은 단 한 번도 북해빙궁에 온 적이 없었다. 그 탓에 요지광은 그를 보지 못했던 것이다. 그렇지만 그의 위명은 남만에서 가장 먼 이곳 북쪽에까지 들려올 정도였다.

궁금한 것이다.

싸워보고 싶은 거다.

북황검위대의 부대주인 그는 그런 사내였다.

담청이 나타나고 얼마 지나지 않아 대규모 무리의 움직임이 느껴졌다. 그의 말대로 곧 이곳에 도착할 것이다.

사람들의 발자국 소리가 들려올 정도로 거리가 가까워졌다. 그리고 급기야는 그들의 모습이 눈으로 확인할 수 있을 정도가 되었다.

개중에서 가장 눈에 띄는 것은 역시나 맹정이었다.

긴 붉은 머리카락을 풀어 헤치고 걷는 그가 단연 돋보이는 것은 당연했다.

그리고 맹정의 옆에는 커다란 백호 한 마리와 아름다운 여인 한 명이 함께했다.

맹정이 걷다가 고개를 들어올려 북해빙궁의 일행이 있는 곳을 바라봤다. 그와 눈이 마주치자 요지광이 씩 웃었다.

갑작스럽게 맹정이 손을 들어올리며 묵직하게 소리쳤다.

"모두 멈춰라!"

급하게 산을 오르던 자들이 황급히 멈추어 섰다. 사람들의 시선이 맹정에게로 향했다. 맹정이 고개를 든 채로 위쪽에 있는 북해빙궁의 무리를 향해 목청을 높였다.

"네놈들은 누구냐?!"

그제야 다른 이들은 산 위쪽에서 자신들을 내려다보는 자들을 발견하고는 급히 검에 손을 가져다 댔다.

그때 요지광의 옆에 있던 설무린이 사람들의 눈에 잘 보이는 곳으로 걸어나왔다. 그를 보는 순간 야수궁의 자들 중 일부는 검으로 향했던 손을 내렸다.

설무린을 아는 탓이다.

맹정 또한 그를 본 적이 있다. 하지만 그것은 설무린이 아주 어릴 적의 일이다.

이렇게 커버린 설무린을 맹정은 알아보지 못했다.

적발의 노인이 흉흉한 눈으로 설무린을 노려봤다.

자신의 살기를 너무나 가볍게 흘려버리면서 입가에 미소를 짓고 있다니…….

‘저놈……!’

나이는 어려 보이지만 만만하게 생각할 상대가 아닌 것 같다.

하지만 그때 그런 맹정의 옆에 있던 여인 하나가 발작적으로 외쳤다.

“설무린 너!”

“설무린?”

옆에 있던 여인의 외침에 맹정은 슬슬 일으키던 살기를 거뒀다. 그의 머릿속에 조그맸던 한 아이의 얼굴이 떠올랐다. 냉기가 풀풀 풍기는 표정으로 사람들을 바라보던 아이였다.

북해빙궁의 소궁주.

태양궁의 소궁주였던 적사문에게 죽기 직전까지 얻어맞았던 그 아이가 지금 저렇게 사내가 되어 눈앞에 있는 것이다.

더군다나 입가에는 그때는 보지 못했던 미소까지 머금은 채로 말이다.

산 위쪽에 있는 설무린은 사도혜를 향해 인사를 건넸다.

“후후, 오랜만입니다.”

“너, 이 자식! 내가 올라가면……!”

사도혜는 분통을 터뜨렸다.

당장에 산을 뛰어올라 가려는 그녀를 맹정이 잡았다. 사도혜는 급히 고개를 젖히면서 그를 쏘아봤다.

“왜요?”

“이 녀석아, 경거망동하지 말거라.”

사도혜는 위를 쏘아보면서 분통이 터진다는 표정을 지어 보였다. 뭐가 그리 좋은지 설무린은 그냥 입가에 미소만 지은 채로 자신들을 내려다보고 있다.

그 모습이 사람의 심기를 뒤집는다.

위에 있는 자들이 적이 아님을 알아차리면서 야수궁의 자들은 자연스럽게 다시 발걸음을 옮겼다. 걸어 올라가며 맹정이 옆에 있는 사도혜에게 물었다.

“저놈이 정말로 그때 그 설무린이냐?”

“맞아요.”

“너무 많이 변했군. 믿어지지 않을 정도야.”

“예전처럼 냉기나 풀풀 날리는 게 나아요! 망할 놈이 매번 사람을 보고 왜 히죽거리면서 웃기나 하는지…….”

사도혜가 이를 갈았다.

맹정은 조용히 고개를 저었다.

분명 외향도 많이 변했다. 차갑기만 하던 사내가 이제는 오히려 입가에 미소를 머금고 있으니 완전히 다른 사람이라고 봐도 믿겠다.

하지만 그가 중요시 본 것은 그런 부분만이 아니다.

사도혜는 놓치고 있는 부분, 맹정 같은 무공에 미친 자가 가장 먼저 보는 건 외향이 아니다.

‘여유가 있어, 행동 하나하나에. 북해빙궁의 소궁주가 기

재라는 말은 들었지만 믿기 어려웠거늘…….’

맹정의 기억 속의 설무린이 십 몇 년 전의 그 아이였기 때문이다.

행동에 여유가 있다는 것은 그만큼 자신감이 있다는 소리다.

예전의 설무린에게는 그러한 것이 없었다. 누가 자신을 잡아먹지는 않을까 모든 신경을 바짝 곤두세운 것이 흡사 사슴 같은 약한 동물을 보는 듯했다.

하지만 지금은 오히려 그 반대가 되어버렸다.

약하디약한 사슴에서 호랑이가 되어버렸다는 느낌이 든다.

서로 아주 잠시 마주쳤을 뿐이지만 왠지 모르게 맹정은 그런 생각에 빠져든 것이다.

이처럼 자신의 살기를 가볍게 흘려버릴 정도라면 그 심기가 보통은 아니라는 소리다.

맹정 정도의 고수라면 살기만으로 상대를 움직일 수 없게 만드는 것은 일도 아니다. 더군다나 두 눈을 똑바로 마주치고도 한 치의 흔들림도 없던 그 눈동자.

더군다나 설무린의 옆에 있던 자 또한 보통의 인물은 아니었다.

그는 궁금증을 거두었다. 어차피 그 사내의 정체가 무엇인지는 곧 알 수 있을 테니까.

천산은 얼음산인 탓에 움직이는 것이 수월하지 않았다. 하지만 야수궁의 자들 대부분이 빼어난 무공 실력을 지닌 자들로 구성된 상태였다.

그들 또한 어렵지 않게 천산을 올랐다.

마침내 북해빙궁의 인물들이 손에 닿을 정도로 가까워졌다.

설무린을 다시금 본 사도혜가 매서운 눈으로 그를 노려봤다. 그렇지만 설무린은 그녀의 눈빛을 못 본 척 가볍게 고개를 숙였다.

"북해빙궁의 소궁주 설무린입니다."

"맹정일세. 어릴 때와는 아주 많이 변했군 그래."

"후후, 원래 어린애는 빨리 변하지 않습니까."

사도혜는 당장이라도 설무린에게 득달같이 달려가 쏘아붙이고 싶었지만 맹정과 대화를 나누니 그럴 수도 없는 처지였다. 그녀는 애써 솟구치는 화를 억눌렀다.

맹정이 시선을 돌려 요지광을 바라보자 그가 자신의 이름을 밝혔다.

"요지광이라고 합니다."

"흑의서생 요지광?"

"알아주시니 영광입니다."

겸손하게 대답을 했지만 그의 이름을 듣는 순간 야수궁의 자들이 꽤나 술렁였다.

흑의서생 요지광이라면 북해빙궁이 자랑하는 북황검위대의 부대주다.

무인의 길을 걷는 자치고 그의 이름을 모르는 이가 있을 리 없다.

"북해빙궁에서 우리를 대단한 사람들로 맞이하는구먼."

"최소한의 예일 뿐이지요."

아무것도 아니라는 듯한 설무린이 대답했다.

맹정은 설무린의 표정을 유심히 살폈지만 그는 담담할 뿐이다. 살짝 웃는 얼굴에서는 도저히 그의 속내를 알아차리기 어려웠다.

뭔가 미심쩍은 부분이 많았지만 파고들 수도 없는 입장이다.

그때 맹정이 갑자기 주먹을 들어올리며 중얼거렸다.

"쥐새끼가 하나 숨어 있군. 자네들이 모를 것 같지는 않은데……."

"아, 제 수하입니다."

"그런가?"

맹정이 들어올리던 손을 내렸다. 계속해서 신경의 한 부분을 뭔가가 건드린다 싶어 주변을 살피니 누군가가 몸을 감추고 있다는 게 느껴졌다.

북설의 은신술은 매우 빼어났지만 아직 맹정의 눈을 속이기에는 무리였다. 그는 야수궁의 궁주와도 호각을 이루는 자다. 그런 맹정의 감각은 매서울 정도로 날카롭다.

"그럼."

말을 마친 설무린이 몸을 돌려 북해빙궁을 향해 걸어나간다. 북황검위대는 말없이 사방으로 갈라져 일행을 호위했다.

'북황검위대라……. 명불허전이라더니…….'

아무런 말도 없거늘 마치 명령을 받기라도 한 것마냥 움직이는 이들의 모습은 북해빙궁이 자랑하는 최강의 무력 단체다운 모습이었다.

그러나 맹정의 그러한 감탄은 시끄럽게 쏘아대는 사도혜의 목소리를 들으면서 깨져 버렸다.

설무린의 옆으로 다가간 그녀가 그를 몰아붙이기 시작한 것이다.

"너, 내 서신 받았어 못 받았어?"

"받았지요."

"호오, 받아놓고 무시했다 이거지?"

야수궁으로 돌아간 이후 사도혜는 그에게 종종 서찰을 보내곤 했다. 그렇지만 단 한 번도 답을 하시 않은 설무린이다.

만약 야수궁과 북해빙궁의 거리만 가까웠다면 당장에 달려왔을 게다.

하지만 두 곳의 거리가 상당히 먼 탓에 그녀는 그러지 못했다.

그러던 차에 북해빙궁 궁주의 부탁 때문에 야수궁에서 일련의 무리가 그곳으로 가게 됐다.

사도혜는 안 된다는 아버지의 말을 부득부득 우겨서 행렬에 끼게 된 것이다.

물론 단순히 우긴다고 해서 이 먼 여정을 보낼 정도로 사뇌영은 어리석지 않았다. 이유가 있었기에 결국 막지 못하고 그녀를 일행에 합류시킨 것이다.

덕분에 야수궁 무인들의 호위는 몇 갑절 강화되었다.

다행히 야수궁과 적대관계에 처하려는 멍청한 자들이 없었기에 북해빙궁까지 오는 길은 순탄했다.

그렇게 북해빙궁에 도착한 사도혜 때문에 지금 설무린은 꽤나 귀찮았다.

왜 서신에 대한 답장이 없었냐며 옆에서 자꾸 몰아붙이는 사도혜의 말을 무시하던 설무린이 참지 못하고 입을 열었다.

"굳이 제가 답장을 해야 할 이유는 없다고 생각하는데요."

"그, 그렇게 말하면 그렇지만……."

화를 내던 사도혜는 막상 그런 말을 듣자 할 말을 찾지 못했다. 하지만 본래의 성격 탓인지 금세 표정을 회복하고는 성을 냈다.

"내 서신을 감히 무시한다는 것 자체가 문제라고!"

"아아, 그렇습니까?"

"좀 상대의 말을 진지하게 들어!"

귀찮다는 듯이 대꾸하는 설무린의 태도에 사도혜가 버럭

소리를 질렀다.

북해빙궁(北海氷宮).

거대한 고루거각(高樓巨閣)이 즐비하고 독특한 조형 양식에 이곳에 처음 오는 자들은 눈을 휘둥그레 뜨게 된다.

눈이 한껏 뒤덮인 건물들은 천하 그 어느 것과 견주어도 손색이 없을 정도로 아름답다.

북해빙궁에 단 한 번도 온 적이 없는 적발야차 맹정의 눈에는 이곳의 모습이 무척이나 인상 깊었다.

맨 처음에는 낯선 추위에 놀랐다.

언제나 더운 남만에서 주로 생활하던 맹정에게 북해의 차가운 바람은 익숙하지 않았다.

그로서는 이런 곳에서 어찌 사람이 살 수 있나 하는 의문이 들 정도였다.

몇 번 보지 못한 눈이 항시 덮여 있는 천산도 맹정에게는 무척이나 신기했다.

북해빙궁 안으로 들어오면서 그의 놀람은 너했다.

남만에 있는 야수궁과는 확연하게 다른 모습 때문이었다.

야수궁은 화려하지 않다.

그들의 건물은 간소하고 또 주변에 있는 나무를 이용해 만든 것들이 대부분이다. 그에 반해 북해빙궁에 있는 것들은 야수궁과는 확연하게 달랐다.

단순히 북해빙궁이 재력이 강해서가 아니다.

주변 환경, 즉 추위 때문에 집을 만드는 데 더더욱 많은 신경을 써야 하기 때문이다.

북해빙궁의 커다란 건물들을 바라보던 맹정이 감탄성을 내뱉었다.

"대단하군, 대단해! 천산에 이 정도의 건물들을 지을 수가 있다니……!"

"맹 할아버지, 부끄럽게 왜 소리까지 질러요."

옆에 있던 사도혜가 낯을 붉히면서 말했다. 그녀는 오는 내내 설무린에게 몇 차례 트집을 잡으려 들었지만 그때마다 매번 물러나야만 했다.

아무리 쏘아붙여도 전혀 밀리지가 않는다.

아무렇지 않게 툭툭 내뱉는 한마디에 오히려 사도혜가 입을 닫고야 말았다.

낯을 붉혔던 그녀가 슬쩍 설무린을 쏘아보았다.

여전히 알 수 없는 표정을 짓고 있는 그를 보니 다시금 심통이 솟는다.

'망할 놈! 능구렁이 같은 놈!'

그런 사도혜의 속내를 아는지 모르는지 설무린은 여전히 앞만 보며 걸었다. 그렇지만 대놓고 노려보는 그녀의 눈길을 설무린이 모를 리가 없었다.

그가 픽 웃으면서 작게 중얼거렸다.

"큭큭, 너무 단순하다니까."

"뭐라고?"

"아무 말도 안 했습니다만?"

뭔가 눈에 걸렸는지 쏘아붙였던 사도혜는 정작 당사자인 설무린이 그리 대답하자 더는 아무런 말도 하지 못했다. 하지만 의심까지 거둔 것은 아니다.

'분명히 입을 오물거렸는데…….'

의심은 가지만 증거도 없는데 따지고 들 수도 없는 노릇이 아닌가. 기분이 찝찝하기는 했지만 사도혜는 그냥 넘어갈 수밖에 없었다.

설무린은 야수궁의 인물들을 손님이 머무르는 북음각(北音閣)으로 안내했다.

북음각은 북해빙궁의 중심부 근처에 위치하고 있어 일어날 수도 있을 법한 수많은 위험에 최대한 대비할 수 있는 곳이었다.

북음각의 앞에 이르자 설무린이 멈춰 섰다. 그러자 일행을 호위하던 북황검위대 또한 멈췄다.

설무린이 설군표에게 명받은 것은 바로 여기까지다. 이들을 북음각까지 안내해 주라는 것이 바로 그의 명이었다. 여기까지 온 이상 이제 설무린의 임무는 끝났다.

그가 맹정을 향해 말했다.

"여기가 묵으실 곳입니다. 이제 제 임무는 끝났으니 이만 돌아가 보지요."

"그렇게 하게."

설무린이 몸을 돌리자 북음각 안으로 들어서려던 사도혜가 급히 쫓아왔다.

"그냥 가는 거야?"

"그럼요. 어차피 제가 일이 있어서 부른 분들도 아니고… 이곳에서 쉬고 계시면 아버지께서 연락을 취하실 겁니다."

야수궁의 인물들이 이 먼 곳까지 온 것은 전부 설군표에게 어떠한 물건을 건네주기 위해서이다. 그것이 무엇인지는 설무린 또한 단 한 마디의 언급도 듣지 못했다.

다만 아주 중요한 것이라는 말만 들었을 뿐이다.

어차피 설군표 또한 자신의 속내를 쉬이 보이는 사내가 아니었다.

감추려고 드는 것은 아무리 물어도 대답하지 않을 걸 알았기에 설무린 또한 추궁하지 않았다.

그렇지만 사도혜가 이 먼 곳까지 온 것은 설군표가 아닌 설무린 때문이다. 그런 그녀이기에 설무린을 이렇게 보내고 싶지 않았던 게다.

사도혜는 급하게 조르듯이 말했다.

"나 심심하니까 북해빙궁 구경이라도 시켜줘."

급히 말을 내뱉곤 그녀의 얼굴이 살짝 붉어졌다. 그런 사도혜를 내려다보면서 설무린이 담담하게 대꾸했다.

“전 바쁜데…….”

“이이! 호랑이한테 물려 뒈질 놈아!”

참고 있던 사도혜의 화가 폭발했다.

그녀는 천성적으로 참는 것을 잘 못한다.

물론 야수궁이라는 거대한 궁의 소궁주라는 신분 탓도 있지만 무엇보다도 호전적인 남만인의 피를 물려받은 탓이 크다.

남만의 여인들은 중원에 있는 여인들과는 많이 다르다.

사도혜는 억지로 설무린의 손목을 잡아채고는 앞으로 걷기 시작했다.

그녀가 뒤에 있는 맹정을 향해 버럭 소리를 질렀다.

“백풍은 맹 할아버지가 잠시 맡아줘요! 잠시 갔다 올 테니까!”

순식간에 설무린과 사도혜의 모습이 멀어진다. 가만히 서 있던 맹정이 고개를 저으면서 혀를 찼다.

“쯧쯧, 저래 가지고 누가 데려갈꼬.”

혀를 차던 그의 시선이 갑자기 옆에 있는 기대한 누각의 시붕으로 향했다.

아주 미묘한 기척이 움직였다. 그렇지만 그 기척의 주인을 알기에 맹정은 아무런 행동도 취하지 않았다.

그는 주변에 있는 다른 자들을 둘러봤다.

아무도 숨어 있다가 사라진 그 존재에 대해서 알아차린 이는 없는 듯했다. 그도 그럴 것이, 실로 믿기 어려울 정도의 은밀한 은신술을 펼치는 자이기 때문이다.

맹정은 다시금 누각을 올려다보았다.

'말로만 듣던 그림자무사라는 것인가.'

북해빙궁의 사람이 아님에도 불구하고 맹정은 그림자무사를 알았다.

지금은 거의 보이지 않는다고 하지만 아주 오래전 북해빙궁의 그림자무사는 유명했다.

나이가 여든이 넘었으니 오래 살기도 했다. 그 덕분에 그는 잊혀져 가는 것들도 알고 있었다. 그중 하나가 바로 북해빙궁의 그림자무사인 것이다.

북음각으로 들어서려던 맹정이 갑자기 멈추었다.

그림자무사를 생각하다 보니 잊고 있었던 누군가의 모습이 떠올랐다.

설군표의 그림자무사였던 사내이다.

하늘 무서운 줄 몰랐던 맹정에게 패배를 안겨주었던 바로 그 그림자무사.

아직까지 지워지지 않는 이름.

"북해……."

북해빙궁에는 무인들만 사는 것이 아니다.

백 명의 무인이 살기 위해서는 그 갑절 이상의 무공을 모르는 사람이 있어야 그곳은 존재할 수 있었다. 무인들만 있다면 어찌 그곳이 사람 사는 곳이 될 수 있겠는가.

마교도 그러하고 북해빙궁 또한 마찬가지였다.

북해빙궁 무인의 몇 갑절에 가까운 자들이 이곳에 살고 있었다. 물론 천산 아래에 사는 자들이 대부분이기는 하지만 북해빙궁이 있는 근방에도 많은 사람들이 살고 있었다.

다른 곳과 마찬가지로 장도 열려 먹을거리나 생필품을 팔기도 한다.

사도혜가 설무린을 끌고 간 곳은 바로 그러한 장터였다.

처음엔 어쩔 수 없이 끌려온 설무린이지만 지금은 아무런 말도 하지 않았다.

결코 설무린이 여인에게 끌려 다니는 사내라서가 아니다. 오히려 그는 주변의 일에 크게 관심을 두지 않는 자다. 평소의 그였다면 매몰차게 사도혜의 손을 뿌리쳤을 게다.

최근 북해빙궁의 사정상 무슨 일이 벌어진다 해도 이상할 것이 없었다.

그들의 눈에 사도혜는 좋은 먹잇감이다. 그런 그녀를 혼자 방치해 둘 수도 없는 노릇이었다.

귀찮지만 어쩔 수 없이 옆에 있어주는 것은 그 이유 때문이다.

신이 나서 주변을 두리번거리는 사도혜를 바라보던 설무린이 한숨을 푹 쉬었다.

그런 북해빙궁의 사정을 모르니 저리 행동하는 것이겠지
만…….

"야야! 이거 맛이 독특하네?"

노상에 있는 가게에서 음식을 하나 먹으면서 사도혜는 신
기하다는 듯이 말했다. 남만에서 살아온 그녀로서는 북해의
모든 것이 신기할 수밖에 없는 노릇이었다.

가게들을 들락거리면서 사도혜가 먹을 것을 주워 먹으며
설무린에게 한마디 했다.

"너도 먹을래?"

"됐습니다."

"어차피 저녁은 먹어야 할 거 아냐. 이왕 나온 거, 여기서
먹고 가는 게 낫잖아?"

사도혜의 말에 설무린은 그제야 저녁 식사를 할 시간이 됐
다는 걸 알아차렸다. 그녀의 말대로 대충 이곳에서 식사를 때
울까 하던 설무린은 퍼뜩 북설에게 생각이 미쳤다.

그녀는 설무린과 함께 식사를 하지 않는다. 그런데도 북설
은 알아서 식사를 해결하곤 했다.

아마도 북해동에서 벽곡단 같은 것을 준비해 온 모양이다.
그리고 그걸로 식사를 대신하고 있을 게다.

설무린이 주변을 둘러봤다.

사람들이 무척이나 북적거린다.

이곳에서는 설무린이 누구인지 알아보는 이를 찾기도 힘

들다.

물론 북해의 여인과는 많이 다른 사도혜가 곁에 있어 눈초리를 받기는 하지만 그 누구도 설무린을 북해의 소궁주라고는 생각하지 못할 게다.

"북설."

설무린이 나지막이 그녀의 이름을 불렀다.

사방에서 울리는 시끄러운 소리 탓에 그 조그마한 목소리가 묻혔다. 하지만 들었을 게다.

아마도 그 다음 말을 기다리고 있는 모양이다.

북설은 사람이 있을 때는 모습을 보이지 않으려고 애쓴다. 그림자무사라는 것 자체가 아무래도 음지에서 움직이다 보니 최대한 몸을 감추려는 듯하다.

"숨을 필요 없다."

"응?"

먹을 것을 집어먹던 사도혜가 설무린의 말을 들었는지 고개를 돌렸다.

"뭐가 숨을 필요가……."

말을 하던 사도혜는 설무린의 시선이 어딘가로 향하자 저절로 따라 고개를 돌렸다.

사람들 틈 속에서 흑의를 입고 있는 한 여인의 모습이 그녀의 눈에 들어왔다.

셀 수도 없이 많은 사람들이 있었건만 사도혜의 눈에 단번에 그녀가 잡혔다.

다가온 북설이 설무린의 앞에 섰다.

옆에 있던 사도혜는 자신의 직감이 틀리지 않았음을 느꼈다. 신비하게도 그 많은 사람 중에 이 여인만이 보인 것은 결코 우연이 아닐 게다.

그녀는 눈앞에 나타난 북설을 뚫어져라 바라봤다.

자신과는 확연하게 비교되는 하얀 피부를 지닌 여인이다.

'앤 사람이 무슨……'

감탄이 먼저 나온다.

자신의 외모에 나름대로 자신을 가지고 있던 사도혜이건만 쉽사리 말이 나오지 않는다.

북해에 와서만 두 번째다.

'북해에는 왜 이렇게 미녀가 많아! 쳇!'

몇 년 전 설무린의 여동생인 설수진이 느끼게 했던 감정을 그녀는 다시금 느껴야만 했다. 그나마 설수진이야 설무린의 여동생이니 크게 신경 쓰지는 않았지만 지금은 조금 다르다.

설무린에게 호감을 가지고 있는 사도혜로서는 그와 아는 사이인 이 여인이 누구인지 신경 쓰이는 것은 당연했다.

그녀가 북설을 쳐다보며 물었다.

"누구야?"

"제 그림자무사입니다."

"그림자무사?"

그림자무사라는 말에 사도혜가 그것이 뭐냐는 듯 설무린을 바라봤다.

북해빙궁의 역사를 알지 못하는 그녀로서는 설족이라는 것도, 그림자무사의 개념도 알지 못한다.

그리고 설무린 또한 굳이 그런 세세한 것까지 사도혜에게 설명해 줄 의향은 없었다.

그가 간단하게 말했다.

"뭐, 그림자처럼 항상 붙어 다니는 무사라는 거죠."

"항상 붙어 있다고? 매일매일?"

"그럼 그림자가 떨어집니까?"

"그렇기야 하지만……."

사도혜가 북설에게서 눈을 떼지 않았다. 한마디로 둘이 항상 붙어서 지낸다는 소리다.

저토록 미녀를 옆에 두고 함께 지낸다는 말에 사도혜의 심기가 불편해졌다.

그러던 사도혜는 뭔가가 생각났는지 설무린에게 휙 고개를 돌리고는 말했다.

"잠깐! 그럼 여태까지 계속 쫓아다녔다는 거야? 처음 우리가 만났을 때부터 옆에 있었다고?"

"물론이죠."

알아차리지 못했다.

설무린과 만난 지 두 시진이 훌쩍 넘었다. 그런데도 불구하고 전혀 기척을 느끼지 못했다. 그 긴 시간 동안 뒤에서 쫓아오고 있었다는 걸 사도혜는 몰랐던 것이다.

아무리 많이 쳐줘도 갓 스물을 넘었을 법한 외모다. 그런 여인의 무공 실력이 사도혜보다 훨씬 위라는 소리다.

사도혜는 무공에 대한 자질이 매우 빼어난 편은 아니다. 하지만 여자치고는 자질도 제법 있는 편이고, 무엇보다 야수궁의 소궁주라는 자리 탓에 수많은 영약과 절정의 무공들을 접할 수 있었다.

주변에 있는 수많은 고수들의 도움도 있었기에 그녀의 무공은 빠르게 늘었다.

그 덕분에 비슷한 나이에서는 상대할 만한 자가 몇 없을 정도라고 생각하던 사도혜다.

이 그림자무사는 오늘 몇 번이나 그녀에게 충격을 안겨주고 있는 것이다.

화려하게 치장된 옷을 입고 있는 자신과는 다르게 그녀는 아주 단출한 흑색 무복을 입고 있을 뿐이다. 하지만 그러한 볼품없는 옷을 입고 있음에도 불구하고 눈앞에 여인은 빛나 보인다.

이런 여인이 항상 설무린의 옆에 있을 거라는 생각에 질투심까지 생길 정도다.

"식사는 했느냐?"

"식사는……."

“벽곡단으로 대신하겠다 말하려 했겠지.”

설무린은 북설의 말을 잘랐다. 그녀가 할 말은 이미 뻔하다 할 정도로 잘 알고 있다.

그녀가 설무린의 그림자무사로 들어온 지 벌써 한 달가량 지났다.

가장 가까이 있음에도 불구하고 실제로 얼굴을 대면한 횟수는 몇 번 안 됐다.

북설은 자신을 바라보는 사도혜의 눈빛을 무시하며 입을 열었다.

“절 부르신 이유가…….”

“먹을 것 좀 먹이려고. 매일 지붕 위에서 벽곡단만 먹었을 거 아냐.”

“괘, 괜찮습니다.”

북설이 당황스러워하며 대답했다.

평소 최대한 감정을 숨기려고 노력하던 것과 다른 그녀의 모습에 설무린은 재미있다는 듯한 표정을 지었다.

애써 감정을 숨기며 딱딱하게 행동하지만 그가 알던 예전의 북설은 부끄러움이 무척 많은 여자였다.

물론 시간이 지나 변하기는 했겠지만 그녀가 애써 그림자무사처럼 보이기 위해 노력한다는 걸 설무린은 알고 있었다.

설무린은 가게 주인에게 돈 몇 푼을 쥐어주더니 앞에 있는 꼬치 하나를 집어 들었다.

그리고는 북설에게 내밀었다. 그렇지만 북설은 그것을 쉬이 받지 못하고 어물거렸다.

애초에 그럴 거라고 생각했던 설무린은 더 가까이 꼬치를 들이밀면서 말했다.

"먹어. 넌 이렇게 하지 않으면 안 먹을 녀석이지. 팔 아프다. 어서 받아라."

"…알겠습니다."

북설이 꼬치를 받아 들었지만 쉽사리 그것을 입에 대지 못했다. 그것은 다름 아니라 꼬치라는 것을 생전 처음 보기 때문이다.

단 한 번도 입에 대보지 못한 음식이기에 어떻게 먹어야 하는지도 모르겠다.

고기와 야채가 같이 끼워져 있기는 한데…….

북해동에서만 살아온 그녀에게는 이곳에 있는 모든 것이 낯설었다.

수많은 음식들 중에서 정작 북설 그녀가 먹어본 것은 몇 종류 되지 않았다.

거기에 셀 수도 없이 많은 사람들이 있는 것도 신기하다.

북설이 머뭇거리자 설무린은 가게에서 자신의 것도 집어 들었다. 그는 꼬치에 끼워져 있는 고기와 야채를 동시에 빼어 물면서 설명했다.

"이런 식으로 먹는 거다. 막대기까지 씹지 마."

“아.”

북설은 고개를 끄덕이고는 그가 한 것처럼 막대기에 꽂혀 있는 고기와 야채를 살짝 빼 물었다. 오물거리던 그녀의 눈동자가 동그랗게 변했다.

그런 그녀를 본 설무린이 물었다.

“먹을 만하냐?”

북설이 입 안에 넣은 음식 탓에 대답 대신 고개를 끄덕인다.

그 모습이 참으로 귀엽다.

자신도 모르게 그녀의 머리를 쓰다듬으려던 설무린이 멈칫했다. 그는 반쯤 들어올렸던 손을 내렸다.

‘예전에도 그랬지만 정말 위험한 아이라니까.’

잠시 방심하면 꽉 조여놓은 긴장의 끈이 풀어진다. 왠지 모르게 이 아이는 예전부터 설무린을 풀어지게 만든다.

옆에서 그 둘을 바라만 보던 사도혜가 설무린의 태도가 눈에 걸렸는지 그를 재촉했다.

“나, 다른 것두 먹고 싶어. 어서 가자!”

못 이기는 척 설무린은 그녀를 따라 걸었다. 그런 그의 뒤를 꼬치를 움켜쥔 채로 북설이 쫓았다.

설군표의 거처에 야수궁의 맹정이 찾아왔다. 북음각에서 쉬고 있던 그에게 설군표가 연락을 넣은 것이다.

남만에서 이 먼 북해빙궁까지 온 이유는 몇 년 전 회합에서 설군표가 부탁한 것 때문이다.

당시 그는 멀리서 온 야수궁 궁주 사뇌영에게 어떠한 물건들을 구해달라고 요청했다.

하지만 그것들은 쉬이 구할 수 있는 물건이 아니었다.

사 년이 넘는 시간이 흐른 지금에야 사뇌영은 설군표가 부탁한 물건들을 모두 구해서 이곳으로 보낸 것이다.

처음에는 다른 자가 맡아서 북해빙궁까지 가져올 예정이었으나 사도혜가 끼어들면서 호위 겸 해서 맹정에게 이 모든 물건을 맡긴 것이다.

거처에 찾아온 맹정을 설군표가 반갑게 맞았다. 설군표의 입가에 미소가 맺혔다.

"이게 얼마 만입니까?"

"잘 지내셨소?"

십오 년 만이다.

야수궁에서 했던 새외삼궁의 회합 이후 둘이 만나는 것은 어려웠다. 그만큼 남만과 북해는 멀다.

자리에 마주한 채로 설군표가 시비를 불렀다.

차를 탈 때까지 둘은 서로의 안부 같은 잡다한 대화를 하며 시간을 보냈다.

찻잔을 놓고 시비가 물러나고 나서야 둘은 본론으로 들어갔다.

"부탁한 물건은 가져왔소이다."

"야수궁 궁주에게 고맙다는 말을 전해주셨으면 합니다."

"그거야 어려운 일은 아니오만……."

"무엇인가 궁금한 것이 있으신 눈치입니다?"

"눈치는 여전하시오."

맹정이 기분 좋게 웃으면서 말했다. 그 탓인지 마주 보는 설군표조차 입가에 미소를 걸었다.

살짝 주변을 살피던 맹정이 속에 담아두었던 말을 꺼냈다.

"궁주께서 왜 이런 물건을 구해달라고 했는지 궁금하오. 쉬이 쓰일 물건들이 아닌 데다가 빙마정(氷魔挺)까지 내주면서 왜 이것들을 필요로 하는지 말이오."

빙마정!

북해빙궁의 영약으로 백 년에 하나 만들기도 힘들다는 물건이다.

그것을 먹으면 내공의 진전은 물론이거니와 몸에 쌓여 있는 화기(火氣)와 탁기(濁氣)가 밀려난다고 한다.

그 말인즉, 내공이 움직이는 길이 깨끗해져 무공의 진전이 엄청나게 빨라질 수 있다는 걸 의미한다.

무공을 익히는 자에게 그만큼 매력적인 물건은 없다.

그렇기에 그만큼 구하기 어려운 물건인 것이다.

북해빙궁 내에서도 한 손으로 꼽을 수 있을 정도로 적게 보유한 영약이 빙마정이다. 그러한 물건을 야수궁에 주겠다고 했다.

아마 다른 사람이 알면 큰 사단이 벌어질 일이었다.

그럼에도 불구하고 설군표는 이 같은 일을 벌였다. 시끄러워질지도 모르는 일을 벌이면서도 그는 여전히 웃음을 지우지 않았다.

설군표가 물었다.

"궁금하십니까?"

"뭐, 궁금하기는 하오만… 사정이 있다면 답할 수 없는 것 아니오. 그저 내 개인적인 궁금함일 뿐이니까."

"후후, 부끄럽기는 한데… 개인적인 궁금함이시니 마음에 담아두실 거라고 믿고 말씀드리지요. 제 아들 놈 때문입니다."

아들이라니? 자신이 준비해 온 것과 설무린이 무슨 상관이 있단 말인가.

의외의 말에 맹정은 의아한 듯 되물었다.

"소궁주 말이오?"

"제가 안내를 부탁해서 보셨을 겁니다."

"보았소. 어렸을 때랑 너무 달라져서 한눈에 알아보기 힘들더이다. 사람이 완전히 변했더군. 아, 이제 보니… 궁주를 많이 닮게 된 듯하구려."

"닮기는요. 그놈은 아주 영악스러운 것이 속이 시커먼 놈입니다. 저랑 비교해서는 아니 되지요."

말은 그리하지만 설군표의 말에서는 자식인 설무린에 대한 애정이 듬뿍 묻어났다.

더군다나 맹정은 자신의 두 눈으로 십오 년 전의 사건을 목격한 자다.

적사문에게 죽기 직전까지 두들겨 맞은 설무린을 위해 단신으로 태양궁에 쳐들어갔던 설군표다.

흡사 어린아이마냥 툴툴거리는 설군표를 보면서도 맹정은 십오 년 전에 본 사내가 지금 눈앞에 있는 이 사내라는 게 믿기지 않았다.

그때의 설군표의 모습이 뇌리에 각인된 탓이다.

당시의 설군표는 야차였다.

성이 난 맹수는 그 무엇도 막을 수 없었다. 단 일 장에 태양궁 고수 수십이 나가떨어졌다.

그전에도 몇 차례 설군표를 보기는 했지만 그리 강한 사내라고는 생각하지 않았다. 하지만 그날 이후 맹정은 그를 싸워 보고 싶은 사내로 꼽았다.

옛날의 상념에 잠시 잠겼던 맹징은 설군표의 목소리에 정신을 차렸다.

"제 자식놈에게 병이 하나 있습니다."

목소리에서 장난기가 쏙 사라졌다.

표정도 진지하게 변한 설군표는 먼 허공을 응시하는 듯한 눈으로 맹정을 바라봤다.

맹정은 덩달아 침울해지는 자신을 느꼈다.

"병이라니……."

"녀석은 저주받은 몸뚱이를 가졌습니다. 원래는 죽었어도 이상할 것이 없는 아이거늘 여태까지 버텨왔지요. 내색은 안 하지만… 그 탓에 많은 고통을 받았습니다. 제가 그 병을 고쳐 주고 싶어서 말입니다."

"그럼 부탁한 것이 그 병을 치료하기 위한 것들이라는 거요?"

"그렇습니다."

설군표가 바로 답했다.

그랬다.

이번에 사뇌영이 보내온 것들은 바로 설무린의 몸을 고치기 위한 것들이었다.

오랜 시간 태양지체에 대해 알아봤다. 그러는 과정에서 나름대로 가능성이 있는 치료제를 생각해 냈다.

물론 완전히 성공할 거라는 보장은 없었다. 그래도 가만히 두 손 놓고 있는 것보다는 나았다.

설무린의 몸을 낫게 하기 위해 빙마정도 주겠다고 약조했다. 오랜 시간이 걸리기는 했지만 드디어 희망이 보이기 시작한 것이다.

설군표가 맹정을 향해 즐거운 듯 말했다.

"약속대로 비밀입니다. 팔불출로 오해받고 싶지는 않으니까요.”

“허허, 이토록 궁주께서 신경 쓰는 걸 소궁주도 알아야 할 터인데…….”

“오히려 알까 봐 걱정입니다. 아무런 말을 하지 않아도 그놈은 제 속마음을 귀신처럼 읽어내는 놈이니까요.”

맹정이 정말로 기분 좋게 웃었다.

두 사람이 부러웠다.

설군표와 맹정이 만나는 시각.

다른 장소에 남만인으로 보이는 사내 하나가 모습을 드러냈다. 그는 주변을 두리번거리면서 재빠르게 발을 움직였다. 북해빙궁의 복잡한 길을 사내는 잘 알고 있는 듯했다.

북해빙궁의 외곽 지역에 도착한 사내가 옆쪽에 있는 벽에 몸을 기댔다.

그가 벽에 몸을 기대고 반 각가량이 지났을 때다. 담 너머에서 목소리가 흘러나왔다.

“준비된 것은?”

“가져왔습니다.”

“이쪽으로.”

사내는 품 안에 있는 헝겊으로 만든 손바닥 크기의 주머니를 꺼내 뒤쪽으로 휙 집어 던졌다. 그의 손을 떠난 헝겊 주머니가 담장 너머로 모습을 감췄다.

담장 너머에서 잠시 소리가 나더니 이내 차가운 목소리가
들려왔다.

"임무는 끝났다. 물러가라."

"옛."

남만의 사내는 다시금 온 길을 거슬러서 되돌아가기 시작
했다.

담장 너머에서 음산한 웃음이 흘러나왔다.

"흐흐, 덕분에 시간을 단축하게 되었군."

남만에서 가져와야 할 물건이 있었다. 하지만 다소 시간이
걸릴 일이었다. 그런데 북해빙궁의 궁주인 설군표가 남만에
있는 야수궁에 무엇인가를 부탁했다.

덕분에 그 틈에 끼어 필요한 물건을 운반할 수 있었다.

삼사 개월 후에나 가능했을 거사가 앞당겨진 것이다.

담장 너머의 자가 음침한 목소리로 중얼거렸다.

"북해빙궁주 설군표… 넌 죽는다."

第四章

불사(不死)

이 자리가 끝날 때까지 죽어주지 않는다

설무린은 오랜만에 자신의 거처에 찾아온 야율초재를 떨
떠름하게 바라봤다.

그가 이곳까지 굳이 나타난 것은 분명 이유가 있어서다.

그리고 그릴 때마나 항상 야율초재는 아버지의 말을 전하
고는 했다

야율초재에게 부탁한 일이라면 분명 설무린이 그리 내켜
하지 않을 일임이 분명하다.

"또 무슨 일입니까, 야율?"

"굳이 말 안 해도 아실 터인데……. 그리고 골백번도 넘게
말씀드렸습니다만 저는 야율초재입니다."

“아저씨 이름이 야율초재인 것도 알고, 분명 아버지가 보내서 온 거라는 것도 알고 있지요. 그러니까 무슨 말을 전해 달랍니까?”

야율초재라고 알면 뭐 하는가.

그럼에도 불구하고 설군표나 설무린 모두 야율이라고 자신을 부르면서 말이다.

“연회가 있으니 참석하시랍니다.”

“불가(不可)하다고 전해주시죠.”

설무린은 바로 말을 잘랐다.

연회라면 대충 무슨 일인지 알 것도 같다.

야수궁에서 먼 길을 온 손님들을 위해 자리를 한번 연다는 소리다. 하지만 굳이 그 자리에 자신이 갈 필요는 없다고 느낀 것이다.

그들이 설무린 자신을 보러 온 것도 아니고, 굳이 소궁주가 참석해야만 하는 자리도 아니다.

귀찮게 사람들과 어울려 입바른 소리나 해대는 것은 설무린의 적성에 맞지 않았다.

“딱히 갈 이유도 없는데 굳이 갈 필요는…….”

“이유가 없다니, 무슨 말씀입니까. 궁주님께서 야수궁 소궁주님의 경호를 맡겼습니다.”

설무린은 일순 할 말을 잃었다.

자신이 그렇게 나올 줄 안 설군표가 미리 자신에게 사도혜

의 경호를 맡긴 것이다. 당했다는 생각이 들기는 하지만 작금
의 북해빙궁의 사정을 잘 아는 설무린이다.

마냥 우길 수도 없는 노릇이라는 거다.

"언젭니까?"

"내일 술시(戌時) 무렵입니다."

북해빙궁은 연회 준비로 들썩거렸다. 급하게 준비되는 연
회인 만큼 바쁜 것은 당연한 일이었다.

한데 그러한 북해빙궁의 분주함과 달리 설무린의 거처는
조용했다.

연회에 참여하기로는 했지만 그 외의 것에는 전혀 섞이고
싶지 않았다. 그 탓에 문을 지키는 수문위사에게도 몇 가지
당부를 해둔 상태다.

사도혜는 북해빙궁에 온 이후 하루도 빠짐없이 설무린을
찾았다. 그런 그녀가 귀찮아 그는 아예 이곳에 자신이 없다고
말하라 일러둔 상태다.

연무장에 홀로 서 있던 설무린이 검을 뽑아 들었다.

그 여자, 뭐가 그리 하고 싶은 말이 많은지 모르겠다. 무인
에게 가장 좋은 벗은 자신의 병기가 아니던가.

검은 아무런 규칙도 없이 움직이기 시작했다.

그러던 검에서 일정한 길이 보였다.

설풍수라마검을 익히면서 얻은 큰 깨달음, 무변이야말로

진정한 변화의 끝이라는 것.

손과 보법, 그리고 검이 삼행일체가 되는 순간에나 가능한 무변이야말로 그 어떠한 것보다 변화무쌍하다.

설무린은 어느덧 검을 들고 있다는 사실을 잊었다. 자신의 이름도 생각나지 않는다. 그저 검을 들고 있는 한 무인이고, 그 안에 깊게 빠져 있을 뿐이다.

휘릭!

휘이익!

검날이 사방으로 날갯짓을 하는 것마냥 휘둘린다.

검을 움직이는 순간 첫사랑에 빠진 소녀마냥 심장이 두근거리기 시작한다. 눈앞에는 검만 보이고, 머릿속에서도 검으로만 가득 찼다.

파앗!

진기가 주입되는 순간 검에는 새로운 생명이 피어오르기 시작했다.

설무린이 가볍게 손을 털자 사방의 공간이 검으로 가득 찼다.

그는 검을 잡으며 시간을 잊었다.

결코 끝나지 않을 것만 같은 검무를 설무린은 쉬지 않고 펼쳤다.

몰아지경에 가까운 상태에서 펼쳐지는 긴 검무는 한 편의 춤사위를 보는 듯이 아름다웠다. 하지만 그 검무를 본 사람이 어느 정도 수준에 올라선 무인이라면 결코 그런 생각을 하지 못할 게다.

그는 아마도 자신도 모르게 목이 떨어지지는 않았을지 만져 보게 되리라.

누군가의 기척에 미친 듯이 검을 휘두르던 설무린이 멈췄다. 그는 살짝 땀을 닦아내면서 고개를 돌렸다.

연무장의 문이 열리며 야율초재가 모습을 드러냈다.

수문위사에게 유일하게 오면 들여보내라고 한 것이 바로 그다.

야율초재가 검을 들고 서 있는 설무린을 보며 입을 열었다.

"방해가 된 것 같습니다."

"야율, 무슨 일입니까?"

"…휴!"

그토록 말해도 듣지 않는 것은 아비나 아들이나 마찬가지다. 이제는 말하는 것조차 지쳐 버렸는지 야율초재는 그저 한숨으로 대신했다.

제대로 이름을 불리는 것보다 차라리 관에 들어가는 것이 더 빠를 거라는 생각 때문이다.

"연회는 까맣게 잊으신 게 아닐까 해서 와봤는데 역시 제 예상이 틀리지 않은 것 같습니다."

"에? 지금 시간이……?"

"술시가 다 되어갑니다."

“젠장!”

검에 너무 빠져 버렸다.

술시까지는 넉넉하게 시간이 남아 있다는 생각에 안심하고 검에 취했거늘 완전히 넋을 잃었던 모양이다.

“대체 언제부터 검을 휘두르신 겁니까?”

“사시 정도?”

급하게 벗어놓은 겉옷을 챙겨 입으면서 설무린이 말했다. 그는 아무렇지 않게 말했지만 정작 그 말을 들은 당사자인 야율초재의 표정이 슬쩍 변했다.

다섯 시진가량을 모든 것을 잊고 검에 빠져들었다는 소리다. 그 오랜 시간을 오로지 검을 생각한다는 게 가능한 소리인가.

‘검에 미친 사람.’

검광(劍狂)이다.

예전부터 알았지만 설무린이라는 사낸 검에 미쳐도 아주 단단히 미쳤다.

잠을 잘 때도 검을 생각할 것만 같은 사내.

“뭐 합니까? 서둘러야 하는데 뭘 그리 멍하게······.”

어느새 옷을 대충 걸쳐 입은 설무린이 오히려 야율초재를 타박하듯이 말한다.

말을 마친 설무린이 먼저 연무장을 빠르게 벗어났다. 그는 다섯 시진 동안 검을 휘두르며 엉망이 된 그 옷을 그대로 입고 연회에 참석할 생각인 모양이다.

처음엔 뭐라고 하려던 야율초재였지만 이내 설무린의 뒷모습을 보며 고개를 흔들며 중얼거렸다.

"그나마 겉옷을 벗어둔 게 다행이군."

행색이 엉망이 되었음에도 불구하고 설무린이라는 사내는 묘한 매력을 풍긴다.

연회장에는 이미 많은 사람들이 자리한 상태였다.

오랜만에 있는 연회이기도 했고, 야수궁의 맹정을 보기 위해 온 무인들도 제법 된다.

무인이라면 야수궁의 이대장로 중 하나인 적발야차 맹정에게 관심을 가질 수밖에 없었다.

북해에 사는 이로서 맹정을 볼 수 있는 기회는 흔치 않다. 어쩌면 그를 볼 수 있는 마지막 기회일지도 모른다는 생각에 평소 연회에 잘 참석하지 않던 사람들도 꽤나 많이 이곳에 몰려들었다.

상석에 따로 마련된 자리에는 몇 명의 인물만이 자리했다.

설군표의 식솔들과 야수궁의 사도혜와 맹정이다.

설군표의 눈이 비어 있는 의자로 향했다. 정확하게 인원수에 맞춰 준비한 의자다. 그런데 한 자리가 비었다는 건 누군가 한 명이 오지 않았다는 소리다.

설수진은 의자를 바라보며 표정을 구기는 설군표를 보며

웃음을 숨기기 힘들었다.

"풋."

"음? 왜 그러느냐?"

"아뇨. 아버지 생각을 알 것 같아서요."

"허허, 내가 지금 무슨 생각을 하는지 알겠다고?"

"물론이죠."

설수진이 여유있게 웃었다.

그녀는 깨끗한 미소를 지닌 여인이다. 웃는 것만 봐도 사람의 기분을 좋게 만드는 신묘한 재주를 지녔다. 그러한 점은 그녀의 어머니인 매여령을 빼다 박았다.

그 미소에 설군표 또한 그녀에게 한눈에 반해 아내로 맞이하지 않았던가.

설군표가 설수진에게 말했다.

"자신있다면 어디 내가 무슨 생각을 했는지 맞혀보거라."

"매번 늦는 오라버니 생각을 하셨겠지요. 오라버니를 어떻게 해야 할까 고민하셨죠?"

"반은 맞혔다. 이미 그놈을 어떻게 할지는 정했거든. 다리뼈를 그냥 반쪽으로……."

"당신."

가볍게 흘기면서 자신을 향하는 매여령의 눈길에 설군표가 입을 닫았다.

그 모습이 우스웠는지 사도혜는 살짝 웃음을 터뜨렸다.

그러자 맹정이 보이지 않게 탁자 아래로 그녀의 무릎을 꼬집었다.

"아……!"

비명을 터뜨리려던 사도혜가 급히 입을 멈추었지만 이미 모두의 시선이 그녀에게 몰려 있었다.

그녀는 슬쩍 웃음으로 대충 상황을 무마시켰다.

매여령이 사도혜를 보면서 말했다.

"그 먼 거리를 오느라고 고생했어요. 남만에서 이곳까지 왕복하면 반년은 걸릴 여정일 터인데……."

"고생이라뇨. 당치도 않은 소리세요. 저도 사실 드릴 말씀이 있어서 온 거니까요."

"드릴 말이라니요?"

"그게……."

사도혜가 이 먼 곳까지 굳이 온 것은 다 이유가 있었다.

그렇지 않았다면 왕복하는 데에 반년이 넘게 걸리는 이 오랜 여정에 그녀가 끼었을 리가 없다.

처음에 사두혜가 따라 긴다는 말에 반대를 하던 사뇌영이 결국 그녀의 고집에 진 것은 바로 사도혜가 북해빙궁에 가야 할 이유가 있었기 때문이다.

잠시 뜸을 들이기는 했지만 사도혜는 당당하게 말했다.

"시집을 오고 싶어서요."

자리에 있던 셋의 표정이 갑자기 어색하게 변했다.

사전에 알고 있던 맹정은 아무런 변화가 없었지만 갑작스러운 그녀의 말에 북해빙궁의 세 인물은 당황스러운 감정을 숨기지 못했다.

매여령이 다시 얼굴에 미소를 띤 채로 물었다.

"북해빙궁에 말인가요?"

"그럼 신랑은 역시……."

"설무린이죠."

일반적으로 여인이 쉽사리 내뱉을 말이 아니건만 사도혜는 조금 달랐다.

아니, 남만의 여인은 그러하다.

남만의 사람들은 다소 결혼을 일찍 하는 풍습이 있었다. 그런 면에서 사도혜는 늦었다고 볼 수 있었다.

너무나 당당하게 말을 내뱉는 그녀의 언사에 매여령은 당황했다.

아무래도 북해빙궁은 남만과는 다르다. 여인이 이토록 직접적으로 말을 하는 일은 있기 어렵다.

이들에게는 차라리 사람을 보내 혼사를 요청한다거나 하는 것이 더 자연스러운 것이었다.

이상하게 생각하는 것은 아니다.

남만과 북해의 풍습이 다른 것이니 그걸 가지고 뭐라고 하는 것도 우습다. 다만 그녀의 제안이 너무 갑작스러운 일이라 놀란 것뿐이다.

매여령이 조심스럽게 말했다.

"야수궁의 외동딸인데 저희에게 시집을 온다는 건……."

사도혜는 야수궁의 소궁주이다. 그녀는 사뇌영의 하나뿐인 외동딸이다. 그리고 설무린 또한 북해빙궁의 뒤를 이어야 할 소궁주다.

만약 그녀의 말대로 돼서 사도혜가 북해빙궁에 와서 산다면 추후 야수궁에 문제가 생기지 않겠는가.

그렇지만 사도혜는 손을 저으면서 대꾸했다.

"걱정하지 않으셔도 돼요. 그건 아버지께서 알아서 하신다고 했으니까요. 그럼 제가 이곳으로 시집와도 괜찮은……."

"미안하지만 지금은 무리야."

매여령을 바라보며 말하던 사도혜가 멈칫하고는 고개를 돌렸다.

설군표가 두 손을 깍지 낀 채로 그녀를 응시했다.

예상치 못한 반응이었는지 사도혜는 순간 아무런 할 말을 찾지 못했다.

매여령괴 설수진도 그를 바라봤다.

매몰찬 대답에 사도혜가 잠시 멍하니 그를 바라봤다. 하지만 곧 정신을 추스른 그녀가 물었다.

"제가 맘에 안 드시나요?"

"맘에 들고 안 들고 그런 문제가 아니야. 북해빙궁에 사정이 있기 때문이지. 그게 뭔지는 조금 시간이 지나면 알게 될 게야. 모든 일이 끝나고… 그때 이 이야기를 다시 하는 게 좋을 듯하군.”

“그럼 안 된다는 말은 아니시죠?”

“내가 막을 일은 아니지. 대신 이런 식은 안 돼.”

“이런 식이라뇨?”

거절이 아니라는 것을 알고 안도의 한숨을 내쉬던 사도혜가 다시금 불안한 표정을 지었다.

설군표가 단호하게 말했다.

“네가 혼인에 관해 허락받을 것은 우리가 아니야. 설무린 그 녀석이지. 정말로 혼인을 하고 싶다면 둘이 함께 와서 그런 말을 하도록 해. 혼자 독단으로 이루어질 수 없는 게 바로 혼인이니까.”

자신들이 아닌 설무린에게 혼인을 하자고 먼저 말하라는 거다.

설군표는 사도혜가 설무린에게는 아무런 말도 하지 않았을 거라는 걸 직감하고 있었던 것이다.

사도혜는 아무런 말도 하지 못했다.

그리고 그때 때맞추어 문이 열리며 설무린과 야율초재가 모습을 드러냈다.

무겁게 가라앉았던 분위기는 설무린이 나타나면서 확 변해 버렸다. 그는 그대로 상석으로 올라섰다.

근처로 다가왔던 야율초재는 설군표와 매여령에게 가볍게

인사만 건네고 다른 곳으로 갔다.

자신의 자리에 가서 앉은 설무린의 행색을 본 설군표가 혀를 차면서 말했다.

"쯧쯧, 미리 말해두었거늘 꼴이 그게 무엇이냐. 온통 더럽혀진 옷을 입고 연회에 올 줄이야……."

"아버님 덕분에 오지 않아도 될 곳에 오게 된 소자의 작은 반항이라고 생각해 주시면 좋을 것 같습니다만."

"자꾸 그런 식으로 나오면 야수궁에 팔아버리겠다."

"그게 무슨……?"

"킥!"

방금 전까지 오갔던 대화를 모르는 설무린으로서는 의문스러운 표정을 지을 수밖에 없었다. 하지만 그 말에 한층 가라앉아 있던 사도혜가 웃음을 터뜨렸다.

알 수 없는 반응에 그녀와 아버지를 번갈아 바라보던 설무린은 이내 고개를 저었다.

어차피 말해줄 의향도 없어 보이는 것을 굳이 캐고 늘 생각도 없다.

그가 자리에 앉아 상석에 준비되었던 모든 자리가 채워졌다.

설군표가 자리에서 일어나 상석 앞쪽에 준비된 단상으로 다가갔다.

제각각 이야기를 나누던 자들이 일시에 입을 닫고는 설군표를 바라봤다.

"오랜만에 이렇게 모이는 자리를 가진 듯싶소."

그의 목소리가 우렁차게 연회장을 울렸다. 점잖으면서도 알 수 없는 위압감이 뚝뚝 떨어지는 목소리다.

북해빙궁의 주인 설군표.

모두가 그를 올려다보고 있었다.

"이제 다 날 아는 듯하니 굳이 숨기지 않겠소. 준비한 말이 없어 간단하게 몇 마디 하고 끝내려고 하오."

그 말에 가벼운 웃음소리가 무리 안에서 터져 나왔다.

설군표는 입가에 미소를 가득 머금고는 단상 위에서 가볍게 이야기를 끝마쳤다.

"그럼 다시들 즐겁게 연회를 즐기시게!"

그 말을 끝으로 설군표가 단상에서 내려서자 사방에서 우레와도 같은 박수 소리가 터져 나왔다.

자신의 자리로 돌아가 앉은 설군표가 주변을 두리번거렸다. 그의 행동에 식탁 위에 있는 음식에 손을 가져다 대던 설무린이 궁금해하며 물었다.

"누구 찾는 사람이라도 있습니까?"

"북설도 이곳에 있을 것 아니냐."

그 말에 설무린은 움찔했다.

아무런 말도 하지 않았거늘 설군표는 용케도 알아차리고 있는 것이다.

북설의 은신술이 대단하다고는 해도 이 안에 숨어 있는다는 것은 불가능하다. 그렇다고 이 연회장 건물 지붕에 붙어 있다가 발각될 시에는 더 큰 사단이 벌어진다.

채 해명을 하기도 전에 목숨을 잃을지도 모르는 일이다.

오지 않아도 된다 했지만 그녀는 한사코 물러설 생각이 없는 듯했다.

그림자무사가 된 이후 북설은 단 한시도 설무린에게서 떨어지지 않았다.

방법은 북설이 만들어냈다.

역용술. 바로 그것이 답이었다.

"숨어 있지는 않을 테고… 흑영칠보역용술(黑影七步易容術)을 펼쳐서 모습을 감추고 있겠군."

설군표는 정확하게 집어냈다.

당연하다.

북설의 무공의 모든 건 바로 북해의 것이다. 그리고 그런 북해와 이십 년가량이 시간을 함께한 것이 바로 설군표다.

다른 사람은 속여도 설군표만은 속일 수 없나.

설군표의 말에 무엇인가 생각난 것이 있는지 매여령이 끼어들었다.

"혹 북설이라면 설마……."

"그렇소. 그 친구의 딸이지."

"아!"

매여령이 놀란 듯이 소리쳤다.

그녀 또한 북해에 대해 알고 있었다.

매여령은 놀란 눈으로 주변을 둘러봤다. 그렇지만 원하던 것을 찾지 못해서인지 안타까운 눈으로 설무린에게 시선을 돌렸다.

그는 매여령의 그러한 시선을 애써 외면하려 했지만 그게 쉽지가 않았다.

유독 어머니에게만큼은 함부로 대하지 못하는 그이기 때문이다.

가만히 이야기를 듣던 설수진 또한 궁금증이 치민 모양이다. 그녀가 조심스럽게 물었다.

"무슨 이야긴지 저도 알아도 될까요?"

"이 녀석의 그림자무사 이야기다."

"그림자무사요? 오라버니가 그림자무사를 수하로 두었다는 말은 금시초문인데……."

설수진은 설무린을 쳐다봤다.

의외라는 듯한 시선이다.

그가 그림자무사 같은 것을 둘 거라고는 생각하지 않았다. 언제나 누군가와 함께 다니는 설무린이라니…… 상상이 가지 않는다.

설수진의 궁금증은 끝나지 않았다.

설무린에게 그림자무사가 생긴 것도 신기한 일이기는 하

지만 그 존재가 설군표와 매여령과도 인연이 있다는 것이 그녀의 호기심을 더 자극했다.

그때 매여령이 설무린에게 말했다.

"그 아이가 보고 싶구나."

억양에서 왠지 모를 떨림이 느껴진다. 단순히 북해의 딸이라서가 아니다. 설무린은 굳이 숨길 이유도 없었기에 자리에 앉은 채로 뒤를 바라보며 입을 열었다.

"북설, 올라와."

멀리 사람들 틈에 섞여 있던 중년인 하나가 갑자기 이쪽을 향해 다가오기 시작했다.

배까지 약간 나온 것이 볼품없는 중년의 사내다. 그가 이쪽으로 다가온다.

위로 올라서기 직전에 무인들이 그의 길을 막아섰다. 동시에 위에 있던 설군표가 입을 열었다.

"올라오도록 놔두게."

무인들이 길을 텄다.

그러자 그 중년의 무이은 한 걸음 한 길음 힘겨워 보이는 발을 옮겼다. 그렇게 그가 상석으로 다가왔다. 설무린의 뒤에 선 중년의 사내가 고개를 숙였다.

설군표가 너털웃음을 터뜨렸다.

"허허! 그 미인이 이런 모습으로 바뀌다니 대단하군."

북설을 본 적이 있는 설군표로서는 그때의 그녀와 눈앞에 있는 배가 나온 중년의 사내가 동일 인물이라는 사실이 재미있는 듯했다.

북해 때문에 이런 역용술에 익숙한 그와 달리 사도혜는 크게 놀랐다.

역용술이라는 것은 그녀 또한 알고 있었다.

하지만 이런 역용술은 다소 이야기가 다르다. 외향을 이토록 변화시킬 수 있는 역용술이라니……. 껍데기뿐만이 아니라 속까지 완전히 역용시킨 느낌이다.

이 자리에 있는 그 누구로도 변할 수 있다는 소리다.

사내로 역용한 북설이 고개를 숙여 설군표의 말에 답하고는 설무린에게 물었다.

“명하실 일이라도…….”

“어머니께서 네가 보고 싶다고 해서 불렀다.”

북설은 자신을 뚫어져라 바라보는 매여령의 시선을 느꼈다. 그녀의 눈이 북설의 위아래를 훑는다.

매여령이 떨리는 목소리로 말했다.

“얼굴을 원래대로 돌려줄 수 있겠어요?”

“여기서는…….”

북설이 곤란하다는 듯이 말을 흐렸다.

상석이다 보니 위치가 상당히 높다.

아래에 있는 다른 자들의 눈을 피하기가 어려울 거다. 그때 맹정이 자리에서 일어나 그녀를 가렸다.

"이러면 괜찮겠지?"

잠시 머뭇거리기는 했지만 이내 북설의 얼굴이 빠르게 원래의 모습으로 변하기 시작했다.

나왔던 배가 사라지고 천천히 덩치가 작아지며 북설 본연의 모습으로 돌아갔다.

커다랗던 옷이 축 늘어져 버렸다.

북설을 바라보던 매여령이 천천히 자리에서 일어나 그녀에게 다가갔다.

가만히 서 있는 그녀의 얼굴에 매여령이 손을 가져다 댔다. 손등으로 볼을 쓰다듬자 북설은 깜짝 놀라 자신도 모르게 한 걸음 뒤로 물러섰다.

매여령이 슬픈 눈으로 북설을 바라보았다.

"어머니를 꼭 닮았네요."

그 말에 뒤로 물러서던 북설의 발이 멈췄다.

북해는 그녀에게 어머니에 대해 이야기하지 않았다. 북설 또한 괜히 아버지의 상처를 건드리고 싶지 않았기에 괜히 죽은 어머니에 관련된 말은 꺼내지 않았다.

아주 어릴 적 돌아가신 어머니다. 그랬기에 지금의 북설은 어머니의 얼굴도 기억하지 못한다.

하지만 그렇다고 해서 잊고 사는 건 아니었다. 마음 깊숙한 곳에 묻어두었을 뿐이다. 그러던 차에 어머니를 아는 사람을 만났다. 북설은 자신의 감정을 숨기지 못했다.

“제 어머니를 아십니까?”

매여령이 고개를 끄덕인다.

어찌 모르겠는가.

이제는 세상에 없지만 힘들 때마다 옆에서 함께해 주던 소중한 친구였거늘.

그런 그녀의 딸이 눈앞에 장성하여 서 있자 매여령의 눈시울이 붉어졌다.

“사천당가의 당미진(唐美眞)을 어떻게 모르겠어요. 그녀는…….”

“그만 하시오. 그와의 약조를 잊은 거요?”

설군표의 말에 정신을 차린 매여령이 소매로 급히 흘러내리려는 눈물을 닦아냈다.

그녀는 웃으면서 일부러 호들갑스럽게 말했다.

“어머, 내 주책 좀 봐요. 나이는 먹어가지고 어린애처럼 울기나 하고. 미안해요. 잠시 옛날 생각이 나서 못난 모습을 보였네요.”

“괜찮습니다.”

매여령이 설군표의 말에 정신을 차린 것처럼 북설 또한 그의 말을 듣고 나서 침착함을 되찾았다.

설군표가 말한 그라는 것은 분명 북해일 게다.

그래도 하나 알게 된 것이 있다. 여태까지 살아오면서 몰랐던 어머니의 출신과 이름이다.

‘당미진……’

북설은 마음이 흔들렸다.

하지만 그녀는 그러한 자신의 속을 들키지 않으려는 듯이 급하게 다시금 역용술을 펼쳤다.

흑영칠보역용술은 놀랍게도 미녀인 북설을 순식간에 뚱뚱한 중년의 사내로 바꾸어놓았다.

처음 봤을 때도 그랬지만 직접 변해가는 과정을 보니 놀람은 더하다.

“전 그럼 다시 내려가 보겠습니다.”

“…그래.”

설무린은 잠시 그녀의 눈을 바라보다가 고개를 끄덕였다.

중년의 사내로 변한 북설은 다시금 사람들 사이로 몸을 감췄다.

여태까지 긴 침묵으로 일관했던 맹정이 자리에 앉으면서 입을 열었다.

“저 아이… 북해의 딸이오?”

“그렇습니다.”

“그 친구가 생각나는구먼.”

맹정은 자신의 앞에 있는 술잔을 들어 입 안으로 술을 쏟아부었다. 그걸로 모자랐는지 그는 비어 있는 잔에 다시금 술을 채워 넣고는 연거푸 몇 잔을 들이켰다.

잠시 홀로 술을 마시던 맹정이 혼잣말처럼 말했다.

"언젠가 다시 한 번 싸워보고 싶은 사내였는데……."

"북해가 누군데 그래요?"

아까부터 궁금했지만 분위기 탓에 눈치만 보던 사도혜가 마침내 기회를 잡았다고 생각한 모양이다.

잠시 술잔을 멈춘 맹정이 과거를 회상하며 북해와의 일을 생각해 봤다.

그에 대해 말해달라고 하니 딱히 해줄 말이 없다.

맹정은 자신의 마음에 담겨져 있는 북해에 대한 느낌을 자신도 모르게 내뱉었다.

"북해빙궁 최고의 그림자무사……."

"후후! 그 말이 아니면 설명이 안 되는 사내지요."

설군표 또한 술잔을 들어올리며 중얼거렸다.

자조적인 미소를 짓고 있던 설군표가 갑작스럽게 활기찬 목소리로 소리쳤다.

"젊은 놈들이 뭐 하는 거냐! 당장 내려가서 사람들하고 섞여서 이야기도 나누고 해야 할 것 아니냐! 칙칙한 대화도 끝내게 이만들 내려가서 즐기고 오도록 해라!"

그의 말에 가장 먼저 설무린이 의자를 밀면서 일어났다.

이런 분위기는 질색이다.

그가 자리에서 일어나자 설수진도 따라서 일어섰다. 사도혜도 눈치가 있는지라 마찬가지로 몸을 일으켰다.

셋이 아래로 내려가자 맹정 또한 들고 있던 술잔을 내려놓왔다.

"도혜의 곁을 지켜줘야 할 것 같아서 말이오."

"그러시지요."

가벼운 말을 끝으로 맹정은 사도혜가 있는 곳으로 내려갔다. 네 명이 상석에서 내려오자 사람들이 근방으로 몰려들었다. 이 네 명이 바로 새외삼궁의 실세들이라고 봐도 옳다.

차기 북해빙궁의 궁주와 야수궁의 궁주가 아니던가.

거기에 적발야차 맹정과 북해빙궁의 소궁녀도 있다.

처음에는 휩쓸리기는 했지만 익숙하게 설무린과 설수진은 그 안에서 빠져나왔다.

둘은 구석으로 몸을 피했다.

벽에 몸을 기댄 설무린이 자신도 모르게 주변을 훑어보면서 북설을 찾았다.

방금 전 본 북설의 눈빛 때문이다.

역용술은 외향을 바꾼다.

하지만 눈은 거짓말을 하지 않는다.

태연한 척하고 있었지만 심하게 떨리는 눈농자를 설무린은 보았다.

그렇게 두리번거리는 설무린을 향해 설수진이 장난스럽게 말을 걸었다.

"오라버니."

"왜?"

“여자한테 관심없는 척하더니 언제 그런 미인을 다 꼬셨
어?”

“못하는 소리가 없구나.”

설무린은 픽 하고 웃음을 흘렸다. 그녀의 말투에 가시가 없
는 걸 알기에 그 또한 그리 기분이 나쁘지 않았다.

설수진은 주변을 살피더니 조심스럽게 말했다.

“아까 전에 도혜 언니가 오라버니랑 혼인하고 싶다고 했
어.”

“뭐? 그래서?”

“아버지가 나중에 오라버니랑 이야기하고 찾아오라고 거
절해 버렸지.”

그 말을 듣자 안심이라는 듯이 설무린은 길게 안도의 한숨
을 내쉬었다.

평소 그녀의 마음을 알기도 했고, 직접 이 먼 곳까지 찾아
온 사실에 의문을 품기도 했다.

그런데 그 이유가 혼인 허락을 받으려고 했던 것인 모양이
다.

설무린은 십년감수했다는 듯이 가슴을 쓸어내렸다.

그제야 아까 전에 야수궁에 팔아버리겠다고 말한 설군표
의 말뜻이 이해가 갔다.

조용히 구석에서 대화를 나누던 남매의 대화는 불청객으
로 인해 깨졌다. 급하게 연회장 안으로 들어선 자가 설군표가

있는 상석으로 다가가 고개를 숙였다.

이름까지는 모르지만 제법 낯이 익은 사내다.

"북해빙궁 서쪽에 불이 났습니다."

"갑자기 무슨 불이……? 규모가 큰가?"

"제법 됩니다."

"내 한번 가봐야겠군."

설군표가 막 자리에서 일어났을 때다.

와장창!

무엇인가가 깨어지는 소리와 함께 뒤쪽에 있는 창과 천장을 통해서 다섯 명의 괴한이 떨어져 내렸다.

그들이 노리는 것은 단 하나.

설군표였다.

움직임은 기민했다.

단숨에 다섯 방위를 점한 그들은 암기를 뿌렸다. 다소 술을 과하게 마신 설군표이기는 했지만 그는 매여령의 앞을 막아서면서 손을 휘둘렀다.

과정은 복잡해 보이지만 벌이진 것은 그서 눈 한 번 깜짝할 시간에 불과했다.

설군표의 손에서 막대한 한기가 쏟아져 나왔다. 거대한 얼음이 사방을 뒤덮었다.

카카캉!

쏟아져 나오는 암기를 얼음으로 단숨에 막아낸 그는 그대로 발로 땅을 강하게 밟으면서 주먹을 앞으로 내뻗었다.

퍼억!

한 명이 그대로 가슴뼈가 함몰되면서 뒤로 나자빠졌다.

주먹이 닿은 것도 아니요, 그저 권풍이 가볍게 쏘아져 나갔을 뿐이다.

그런 권풍이 호신강기를 종잇장처럼 찢어버린 것이다.

갑작스럽게 일이 벌어져 당황하기는 했지만 연회에 참가한 자들은 급히 상황을 인식했다.

상대는 넷밖에 되지 않는다.

물론 그들의 무공 실력이 제법 되어 보이기는 했지만 상대가 좋지 않았다. 그들이 죽이려 드는 자는 북해에서 가장 강한 사나이, 북해빙궁주 설군표인 것이다.

그나마 남아 있던 술기운을 단숨에 체내로 배출해 버린 그의 몸에서는 한 지역을 지배하는 패자의 기운이 쏟아져 나왔다.

연회장 안을 가득 채우는 살기.

'겨우 이런 놈들을 보내다니 알 수가 없군.'

이들은 분명 북해빙궁을 뒤집으려는 비밀 세력이 보낸 자들일 게다. 그런데 상대의 수준이 예상보다 아래다. 그것만이 아니라 이렇게 사람이 많은 연회장에서 기습을 하다니, 대체 무슨 생각인지 알 수가 없다.

성공하지 못할 걸 알았을 터인데…….

연회에 참석했던 자들도 싸움에 바로 개입하려고 할 때였다.

남아 있는 네 명을 단숨에 쓸어버리려던 설군표는 목에 이상한 감촉이 들자 급히 손바닥을 움직였다.

목을 누르는 순간 무엇인가가 터졌다.

손바닥에 붉은 피가 묻어났다.

그리고 피 사이에 제법 큰 모기가 흉하게 일그러진 상태로 죽어 있었다.

'갑자기 왜……?'

무엇인가 날아오는 것은 알아차렸지만 벌레였기에 신경 쓰지 않았다.

그런데 모기라니?

북해의 추운 날씨 탓에 모기는 이곳에서 살 수 없다.

불길한 예감이 들었다. 그리고 그러한 것은 언제나 맞아떨어졌다.

갑작스럽게 땅이 빙글빙글 돌면서 머리가 어지러워져 오기 시작했다. 봄에서 열이 확확 오르기 시작하면서 심장이 터질 듯이 두근거렸다.

'방심했군. 독에 당할 줄이야…….'

독에 당할 거라고는 생각도 하지 못했다.

설군표 정도의 경지에 오르면 이미 독은 통하지 않는다고 봐야 옳다. 그는 이미 만독불침지체(萬毒不侵之體)의 경지에 오른 지 오래다.

그 어떠한 독도 피해를 줄 수 없다는 신체.

한데 이 독은 뭔가 달랐다.

어떠한 독도 밀어낼 수 있는 설군표의 신체가 아무런 반응을 하지 못했다.

독이 몸속으로 파고든다.

그가 천천히 고개를 돌려 상석 아래를 바라본다.

핏발이 선 두 눈으로 설군표는 방금 전 막 뛰어들어 왔던 사내를 바라봤다.

눈이 마주치는 순간 놈이 웃는다.

"숨길 생각이 없나 보군."

"이 독에 중독당한 이상 천신(天神)이라고 해도 죽습니다. 이제부터는 내공도 느끼기 어려울 겁니다."

갑작스럽게 나타난 살수들을 보며 코웃음치던 북해빙궁과 야수궁의 무인들이 뭔가 상황이 이상하게 돌아감을 감지했다.

설군표의 얼굴이 좋지 않아 보인다. 그리고 상석 아래에 있는 자의 태도도 이상하다. 그리고 독에 중독되었으니 죽을 거라는 건 무슨 소리란 말인가.

야율초재가 검을 뽑아 들면서 앞으로 걸어나왔다.

"이 새끼들이 감히 궁주님께 무슨 짓을……!"

"야율초재! 가만히 있어라! 다른 사람들도 모두 움직이지 마시오!"

설군표가 소리를 내질렀다.

하늘까지 치솟던 야율초재의 분노가 갑작스럽게 사그라졌다. 그의 표정이 아무도 모르게 변했다.

'야율초재라 하셨다. 야율이 아닌 야율초재…….'

평소와 다른 모습이다.

수백 번을 말해도 야율초재라 부른 적이 없는 설군표가 그의 이름을 제대로 부른 것이다. 이러한 상황에서 그 같은 행동을 했다.

결코 좋은 일이 아니다.

야율초재를 비롯해 다른 모두의 움직임을 멈추게 한 설무린이 아래에 서 있는 자를 바라보며 말했다.

"벌레를 푼 것도 네놈 짓이겠군."

"예."

"그런데 그 벌레가 다른 사람도 아닌 나에게 바로 달려들었어. 아마도 냄새를 이용한 거겠지?"

"……."

대답이 없다.

하지만 잠시지만 놀라는 표정만으로 설군표는 자신의 생각이 맞음을 확신했다. 그는 자신의 붉은 옷을 만지작거리면서 입을 열었다.

"이 옷에 뭔가 냄새를 묻혀놓은 모양이군. 역시 붉은색은 마음에 안 든단 말이야."

"…대단하십니다."

더는 숨기지 못하겠는지 아래에 있는 자는 이실직고했다.

모두가 침묵하고는 있지만 상황을 이해하지 못할 자는 없다. 지금 설군표는 어떠한 방법으로 인해 중독되었고, 그것은 그의 목숨을 앗아갈 거라는 걸 말이다.

그런데,

"하, 하하하!"

설군표가 웃음을 터뜨렸다.

시원하게 웃던 설군표가 갑자기 입을 닫았다. 그가 우렁차게 기합을 터뜨렸다.

"흐아압!"

말로 표현하지 못할 한기가 연회장을 채웠다. 설군표의 몸에서 하얀 기운이 사방으로 쏘아져 나갔다.

견딜 수 없는 한기에 벽이 얼어붙기 시작했다. 천장에는 장정만 한 고드름이 생겨나기 시작했다.

쩌적!

단숨에 커다란 연회장이 얼음 동굴로 변해 버렸다.

설수진을 지키기 위해 자리를 뜰 수 없었던 설무린조차 뻣뻣하게 굳어버릴 정도의 위력이었다.

북해의 추위에 익숙한 사람들 모두가 덜덜 떨 정도로 설군표의 몸에서 뿜어져 나온 한기는 어마어마했다.

그 누구도 움직일 수 없었다.

한기를 뿜어낸 그가 한 걸음 앞으로 걸어나왔다.

붉게 물들었던 눈동자가 원래의 모습으로 돌아왔다.

설군표는 가볍게 목을 비틀면서 말했다.

"그런데 미안해서 어쩌나. 그 자신하는 독이 나한테는 통하지 않는 것 같은데 말이야."

웃고 있던 사내의 안색이 굳었다.

원래대로라면 지금쯤 내공의 사용이 불가능해졌어야 옳다. 한데 지금 설군표는 너무나 멀쩡했다. 안색도 원래대로 돌아왔고 폭발하듯 불어닥치는 내력의 폭풍은 그가 결코 중독되지 않았음을 보여주었다.

중독되었다는 말에 일순 가라앉았던 분위기가 확 하고 올라섰다.

그들은 단숨에 이 자리에 있는 그들을 쓸어버리려고 했다. 하지만 움직이려는 사람들을 설군표가 막았다.

"내가 쓸어버릴 테니 구경들 하시오."

그가 손을 들어올리는 것과 동시에 말로 형용하기 힘들 성도의 한기가 사방으로 흘러나갔다.

설군표는 여전히 매여령을 뒤에 둔 채로 손바닥을 가볍게 뒤집었다.

"빙해대력신장(氷海大霹神掌)!"

콰앙!

가벼운 움직임과 달리 손에서는 번개가 터져 나왔다. 낙뢰의 기운을 가진 빙해대력신장은 네 명의 살수를 비집고 들었다. 그들은 급히 사방으로 나뉘어졌다.

애초부터 상대가 되지 않을 자들이다.

이들은 그저 설군표의 눈을 속이기 위해 화려하게 등장한 자들에 불과하다.

버리기 아까운 실력자들이긴 하지만 설군표를 죽일 수만 있다면…….

한데 설군표가 움직인 것이다.

뻗어져 나온 낙뢰를 괴한들은 피해내긴 했다. 하지만 애초부터 이들을 떨어지게 하려는 것이 목표였다. 거리가 벌어지는 순간 빠르게 설군표의 손에서 검이 뽑혀 나왔다.

북해빙궁의 이대검공 중 하나인 빙령신검이 터져 나왔다.

화려하게 날아드는 검을 막기 위해 황급히 자신의 검을 들어올렸다.

하지만 생각과는 달리 괴한의 몸은 검과 함께 이등분되어 버렸다. 그의 검으로는 설군표의 검법을 받아낼 수조차 없었던 것이다.

"다음!"

외침과 함께 성난 호랑이처럼 그의 검이 꿈틀거리며 또 다른 자의 목을 날려 버린다. 그러면서도 적당 선 이상의 거리를 벌리지 않는다. 매여령을 지키기 위해서다.

단숨에 네 명의 목숨이 사라졌다.

일격에 한 명씩.

설군표의 깔끔하면서도 압도적인 무위에 사람들은 넋을 잃어버렸다.

중독되었으니 죽을 거라는 말에 놀랐던 것은 이미 기억에서 잊혀진 지 오래다.

그가 검을 멈췄다.

남아 있는 것은 아래에 있는 사내 하나.

그의 안색이 파리하다.

아무리 생각해도 현재의 상황이 쉬이 이해가 가지 않는 모양이다. 사내가 당황했는지 말투까지 바뀐 채로 더듬거리며 말했다.

"어, 어떻게… 살아 있는 걸로 모자라 무공까지 쓸 수 있는 거지?"

"그 어떠한 독도, 아무리 날카로운 병기도 날 어쩌지는 못해. 그건… 내가 북해의 주인이기 때문이다."

너무나 광오한 말.

하지만 아무도 그 말에 이의를 제기하지는 못했다. 눈앞에 있는 이 사내는 스스로를 북해의 주인이라고 말할 수 있는 유일한 자이기 때문이다.

설군표의 말에 그가 이를 악물었다.

어차피 죽을 자리였다.

설령 설군표가 독에 중독되었다고 해도 자신은 죽을 목숨이었다. 그의 무공 실력으로 이곳에 있는 다른 자들을 모두 베어 넘길 수 있을 턱이 없다.

그래도 설군표만은 죽였어야 했거늘…….

죽이기는커녕 완벽하게 해독을 하고는 남아 있던 다른 자들을 쓸어버렸다.

임무는 실패한 것이다.

사내가 이를 갈면서 분에 찬 목소리로 고함을 질렀다.

"지옥에서 네놈을 기다리마!"

외침과 함께 그는 입 안에 숨겨둔 단환을 씹었다. 순간 그의 몸이 모래처럼 녹아내렸다.

화골산이라도 뒤집어쓴 것처럼 세상에서 사내의 모습이 사라져 버렸다.

갑작스럽게 벌어진 일은 또 순식간에 끝나 버렸다. 다섯 명의 시신과 녹아버린 한 명을 남겨둔 채로.

연회장은 엉망이 되어버렸다.

설군표의 몸에서 쏟아진 기운을 버티지 못하고 모든 것이 얼어붙은 상태다.

그 누구도 함부로 나서지 못한 채로 설군표의 반응만을 살폈다. 바로 눈앞에서 궁주를 시해하려던 사건이 벌어졌던 때문이다.

설군표는 검을 허리에 꽂아 넣고는 단상으로 다가갔다.

설무린은 급히 설수진을 동반해서 상석에 올랐다.

그사이에 단상 위에 오른 설군표는 천천히 주변을 살폈다. 그는 의외로 편안한 표정으로 말을 시작했다.

"연회 자리에서 불미스러운 일이 벌어진 듯싶소."

분위기는 숙연하다.

그때 중년의 사내 하나가 앞으로 나오면서 무릎을 꿇었다. 궁주의 몸을 지키는 호위대인 잠마대(潛魔隊)의 대주 한자명(韓自明)이다.

그가 침통한 어조로 소리쳤다.

"못난 놈이 궁주님의 안위를 지키지 못했습니다! 저를 벌하여 주십시오!"

"됐네. 연회에서 이런 식으로 기습을 당할 거라고 생각하지 못한 것은 나도 매한가지니."

한자명은 부복한 채로 고개를 숙였다.

절대검위(絶對劍衛)라 불리며 그 어느 때나 설군표의 옆을 지키는 사내다. 그런 그로서는 오늘 벌어진 일이 수치스러울 뿐이었다.

그런 그를 바라보며 설군표가 나지막이 그를 불렀다.

"한자명."

"옛, 궁주님."

"지금 죽은 저놈… 뒷조사를 부탁하네. 언제부터 이 같은 일을 계획했는지 알아야겠어."

"그리하겠습니다!"

한자명이 이를 악물며 대답했다.

직접 죽여도 시원치 않을 놈이 자결까지 했다.

증거는 남지 않았지만 어떻게든 이 같은 일을 벌인 자들의 뿌리를 뽑을 게다.

설군표는 좌중을 훑어보면서 입을 열었다.

"최근 들어 북해빙궁에 좋지 않은 움직임들이 있었소. 알고 있음에도 증거가 없다 생각하여 방치해 두었지만… 이제부터는 그리하지 않을 게요. 아마도 지금 이야기를 듣는 분 중에 내 말이 귀에 거슬리는 분들이 있을 거요."

그가 웃으면서 사람들을 바라본다.

이 안에 북해빙궁의 궁주를 시해하려는 자들과 한패거리가 있다고 말하는 거다.

그리고 설군표의 입에서 믿어지기 힘든 말이 흘러나왔다.

"기습을 강행하고 싶다면 언제든지 해. 정면으로 세력을 끌고 도전을 청해도 좋다. 그리고… 잘 들어라, 이곳에 있을 쥐새끼야!"

그가 버럭 소리를 내질렀다.

순간 잔잔하게 가라앉았던 기의 파동이 급격하게 사방으로 몰아치기 시작했다.

설군표의 몸에서부터 해서 반경 십 장이 넘는 공간이 단숨에 꽁꽁 얼어붙을 것만 같은 한기에 휩싸였다.

그가 매섭게 눈을 치켜뜬 채로 입을 열었다.

"오 년, 오 년 후다. 그때까지도 날 죽이지 못한다면 마지막 기회를 주지. 비무다. 새외삼궁이 회합하는 그날, 내 목숨을 노리는 너희들의 도전을 받겠다. 일 대 일로 싸워서 이기는 자에게 북해의 주인 자리를 주겠다."

자리하고 있는 북해빙궁과 야수궁 무인들은 모두 놀란 눈으로 그를 바라봤다.

그만큼 지금 설군표의 반응은 이례적인 일이었다.

대놓고 싸워서 이긴다면 북해빙궁의 궁주 자리를 주겠다 했다.

굳이 목숨을 노리는 자에게 그러한 기회를 주는 그의 행동이 선뜻 이해가 가지 않는다.

지지 않을 거라는 자신감 때문인가, 그게 아니라면 다른 연유가 있는 것일까. 설군표 본인이 아니고서야 알 수 없는 노릇이다.

아래에 있는 다른 북해빙궁의 수뇌부들은 놀랐거늘 정작 폭탄선언을 한 설군표는 아무렇지 않은 얼굴이었다. 그가 당당하게 단상 아래로 걸어 내려왔다.

뒤쪽에 서 있는 매여령을 본 설군표가 웃는다.

그때,

웃음을 머금은 설군표의 입가에서 피가 주르륵 흘러내렸다. 그런 그의 모습을 볼 수 있는 것은 상석에 위치해 있던 셋

뿐이었다. 설무린의 안색이 변했다.

설무린이 급히 설군표의 뒤로 다가가 사람들의 시선을 막았다.

단상 덕분에 제대로 보이지는 않겠지만 혹여 하는 마음에 서였다.

이미 사람들은 연회장을 빠르게 빠져나가고 있었다. 괜히 이곳에 오래 있다가 무슨 일에 휘말리고 싶지 않아서다.

설군표는 꿋꿋하게 서 있었다.

한 치의 미동도 없이 허리를 쭉 펴고 당당하게.

설군표의 바로 뒤에 서서 사람들의 시선을 가리고 있던 설무린은 그의 꽉 쥐어진 주먹을 보고야 말았다.

살짝 경련을 일으키는 손바닥에서는 피가 뚝뚝 떨어진다. 손가락이 손바닥을 파고들면서 생긴 상처 때문이다.

독을 해독한 줄 알았다. 한데 그게 아니었던 모양이다.

그는 독에 중독된 상태에서도 내공을 사용해 적들을 단숨에 쓸어버렸다.

아마도 모든 힘을 쥐어짰던 모양이다. 거기에다가 단상 위에 올라서 모두의 앞에서 연설까지 했다.

"아버지……."

"아무 말도 말거라……. 누가 들을 수도 있다."

이미 설군표의 정면에 서서 그를 보고 있는 매여령과 설수진의 낯빛은 창백했다. 그런데도 불구하고 그 둘 모두 아무런 내색도 하지 않으려 애를 쓴다.

설군표의 마음을 알기 때문이다.

그는 지금 자신이 독에 중독되었음을 그 누구에게도 알리고 싶지 않은 거다.

사람들이 모두 빠져나갔을 때였다.

그때 단상 아래에서 누군가가 급하게 뛰어올라 왔다.

설무린은 손을 들어올렸다.

정 안 된다면 점혈이라도 해서 이 상황을 보게 해서는 안 된다.

설군표가 당했다는 것은 결코 알려져서는 안 될 일이다.

손을 쓰려던 설무린은 상대의 얼굴을 확인하는 순간 움직임을 멈췄다.

다름 아닌 야율초재였기 때문이다. 그리고 그 뒤로 맹정과 사도혜가 따라오고 있었다.

야율초재는 아직 이러한 상황을 보지도 못해놓고 예상이라도 한 깃마냥 표정이 딱딱했다.

급하게 올라싰던 그는 설군표의 얼굴을 보는 순간 딱딱하게 굳어버렸다. 야율초재가 떨리는 목소리로 입을 열었다.

"궁주님……."

"야율, 뭐 그리 울상을 짓는가."

"크흑, 이게 무슨 꼴이십니까……."

야율초재의 목소리에서 침통함이 묻어났다.

설군표의 상태가 좋지 않아 보인다. 그는 초절정이라는 말로도 표현하기 힘든 고수다. 한데 이미 만독불침지체의 경지에 오른 자가 중독되었다.

그러한 독을 해독할 수 있을 거라는 생각이 들지 않는다.

뒤늦게 올라왔던 맹정은 설군표의 피를 흘리는 모습을 보고서야 상황을 인식했다.

옆에 있던 사도혜 또한 깜짝 놀라 아무런 말도 하지 못하고 멍하니 그를 바라만 봤다.

맹정이 황급히 설군표에게 다가갔다.

"어찌 된 일이오?"

"후후, 당했습니다. 무슨 독인지 모르겠지만 억지로 버티고 있는 것뿐입니다. 그런데 이제 그것도 힘들 것 같군요."

"어떤 독이기에……."

말을 하던 맹정은 설군표의 목을 봤다. 검은색 반점이 점점 퍼져 나가듯이 시작되고 있다. 그리고 그 검은 반점 주위로는 오돌토돌하게 붉은색 돌기가 솟고 있었다.

맹정은 아까 전 괴한이 난입한 후에 설군표의 행동과 목에서 생겨나는 검은 반점을 보면서 무엇인가를 생각해 냈다. 그가 혹시나 하는 마음에 급히 물었다.

"혹시 모기와 흡사하면서도 조금 큰 벌레에 물리셨소?"

설군표는 고개를 끄덕이면서 물었다.

"아십니까?"

"맙소사! 흡혈잠마지독(吸血潛魔之毒)이오."

맹정의 말에 놀란 것은 사도혜였다. 다른 사람들에게 흡혈잠마지독이라는 이름은 생소하다. 하지만 남만에서 자란 사도혜에게는 그렇지 않았다.

흡혈잠마지독은 남만에서 전설처럼 내려오는 독이다.

맹정은 실로 놀란 눈으로 설군표를 바라봤다. 정말로 흡혈잠마지독에 당한 거였다면 아까처럼 내공을 사용하는 것 자체가 불가능한 일이었기 때문이다.

그런데 해냈다.

그게 다가 아니다.

그 독에 중독되면 일곱 걸음을 걷기 전에 죽을 정도로 지독한 독성도 지니고 있다. 그런데 비록 상태는 좋지 않다 해도 설군표는 아직도 살아 있는 것이다.

물론 겉으로 보기에는 태연해 보이지만 속은 그렇지 않을 게다.

지옥과도 같은 고통이 설군표를 괴롭히고 있는 거다. 다만 담담해 보이게 서 있는 것일 뿐.

아닐 수도 있지만 증상이나 중독되는 과정이 전설로 내려오는 흡혈잠마지독과 너무 흡사하다.

설군표가 어렵게 입을 열었다.

"내 거처로 가야겠소."

"궁주님, 지금 움직이시면……."

"그럼 나보고 여기서 쓰러지라는 것인가, 야율?"

설군표는 옆에서 만류하는 야율초재의 눈을 바라봤다. 순간 그는 말문이 턱하니 막혀왔다. 설군표의 눈에는 그 어떠한 것도 거부할 수 없게 만드는 마력이 있었다.

"놈들에게 내 이런 꼴을 보여서는 안 돼. 버티기 힘들군. 서두르지."

말을 마친 설군표는 앞장서서 아래로 걸어 내려가기 시작했다.

이미 독이 온몸을 침투해 숨을 쉬는 것조차 버거운 그가 스스로의 발로 움직인다.

모두가 안타깝게 바라만 볼 뿐 선뜻 그를 따르지 못하고 있을 때 누군가가 설군표의 뒤를 바짝 쫓았다.

설무린이다.

설군표는 빠르게 자신의 뒤를 따르는 누군가를 느끼고 고개를 돌렸다가 설무린을 확인했다.

그는 고통스러운 와중에서도 웃음을 흘렸다.

"역시 네놈이구나."

"앞이나 잘 보고 가시죠."

"걱정하지 않아도 내 몸 하나는 간수할 수 있다, 이놈."

설무린의 행동에 설군표를 말리려던 사람들 모두가 자연스럽게 아래로 내려와 그의 뒤를 따라 걷기 시작했다.

연회장을 나서는 그의 얼굴은 아무런 문제가 없는 사람처럼 평온하다.

온몸을 찢어 삼키고 있는 고통이 속에서 들끓음에도 불구하고 겉모습만큼은 아무렇지 않았다.

자신의 거처를 향해 성큼성큼 걸어나가던 설군표가 뒤에서 쫓아오는 야율초재에게 말했다.

"야율, 진하기(陳夏期)를 내 거처로 데리고 오게."

"그리하겠습니다."

말을 마친 야율초재가 황급히 북황검위대가 머물고 있는 쪽으로 경공을 펼쳐 갔다.

일행은 아무런 말도 없었다.

그저 빨리 설군표의 거처에 당도하기를 기도할 수밖에 없었다.

일각가량을 걷고 나서야 설군표의 거처에 도착했다.

그리 길지 않았음에도 불구하고 이들은 상당히 오래 시간이 걸린 것만 같은 기분이 들었다.

아무렇지 않다는 듯이 자신의 발로 방까지 들어선 설군표가 방문이 닫히는 순간 그대로 쓰러졌다.

"여보!"

매여령이 황급히 그의 상체를 부축한 채로 반쯤 일으켜 세웠다. 그녀에게 기댄 채로 설군표가 거친 숨을 토해냈다.

"흐으, 흐으."

의술에도 조예가 있는 맹정이 급히 그의 맥을 짚었다. 맹정의 얼굴에 절망이라는 감정이 떠올랐다가 사라졌다.

맥이 완전히 엉망이다.

이 상태로 가다가는 온몸에 있는 혈맥이 터져 죽고 말 게다.

매여령이 급하게 물었다.

"어떤가요?"

맹정은 망설이기는 했지만 사실을 알아야 한다는 생각에 침울한 표정으로 말했다.

"힘들겠소."

"어떤 독에 당한지 안다고 하시지 않았습니까! 그럼 그 해독약을 만들면……!"

매여령은 악에 받친 듯이 소리쳤다.

다급한 그녀의 마음은 알겠지만 괜히 흡혈잠마지독이 전설인 게 아니다.

맹정이 어렵게 그녀의 말에 대꾸했다.

"흡혈잠마지독은 해약이 없소. 전설로만 내려오는 독이지 실제로 이렇게 당한 사람은 저도 처음 보오."

"그 흡혈잠마지독이라는 것이 맞긴 하는 건가요?"

"검은색 반점, 그 주위에 솟아나는 붉은 돌기, 그리고 그 커다란 모기인 흡혈문(吸血蚊)에게 피가 빨리면서 독 기운이 올랐다면 흡혈잠마지독뿐이오."

흡혈문은 모기다.

그렇지만 모기라고 해서 보통의 모기를 생각하면 큰 오산이다.

남만의 특성상 그곳에는 많은 모기들이 서식한다. 환경이 좋은 탓에 모기들의 크기도 제법 큰데 그러한 놈들과 비교해도 흡혈문은 압도적으로 크다.

거의 손가락 두 마디만 한 흡혈문은 제법 지독한 독성을 지니고 있다.

하지만 이 독은 사람을 즉사시킬 정도의 위력을 지니지 못했다.

무공을 모르는 자라면 모를까 일류의 경지에 들어선 자에게는 흡혈문의 독은 통하지 않는다.

또 해약까지 이미 알려져 있어 무공을 모르는 이들에게도 문제되지 않는다.

급기야 이 흡혈문이라는 모기는 몇십 년 전부터 모습을 보이지 않더니 이제는 멸종되었다는 말이 나올 정도의 상황이다.

흡혈문이 유명한 것은 그 자체의 독 때문이 아니다.

전설처럼 내려오는 한 가지 독과 그것이 아무리 떼려 해도 뗄 수 없는 관계에 있기 때문이다.

흡혈문의 독성과 어떠한 것이 만나면서 탄생하는 독.

흡혈잠마지독이 바로 그것이다.

전설처럼 내려오는 독이니 해약이 있을 턱도 없다.

한 번도 실제로 만져 보지도 못한 독의 해약을 어찌 만든단 말인가. 그리고 설령 흡혈잠마지독을 구한다고 해도 해약을 만드는 것도 가능할지 장담할 수 없다.

남만에서는 그 누구도 해내지 못했다.

남만에 있던 오독문(五毒門)이 멸문당하면서 독에 대한 많은 자료가 손실되었기 때문이다.

중원에 유명한 사천당가나 약왕전이 그나마 약간의 희망이 있기는 하지만 그들에게 해약을 부탁할 여건도 안 된다.

설군표가 아니었다면 소문처럼 일곱 걸음을 걷기도 전에 즉사했어야 한다. 내공으로 억지로 누르고 있는 독기가 이제는 완벽하게 몸을 휘젓는다.

솔직히 말해 이미 맹정의 눈에는 설군표가 인간으로 보이지도 않았다.

어떻게 흡혈잠마지독에 당하고 이토록 버텨낸단 말인가.

곧 넘어갈 것만 같은 숨을 잡고 그는 용케도 버티고 있었다. 그런 그를 바라보는 매여령의 눈에 눈물이 넘쳐흘렀다.

설수진 또한 매여령과 크게 다르지 않았다. 하지만 그녀는 눈물을 흘리며 고통스러워하는 아버지를 그저 바라볼 수밖에 없는 처지였다.

그런 그 둘과는 다르게 설무린의 표정은 딱딱했다. 별 감정의 동요가 보이지 않는다. 그렇지만 살짝 쥐어진 주먹 안에는 수많은 생각이 담겨 있었다.

그때 급히 방문이 열리며 두 사내가 안으로 걸어 들어왔다. 야율초재와 북황검위대의 대주 북해마성(北海魔星) 진하기(陳夏期)다.

그 둘을 본 설군표는 고통스러운 와중에도 입가에 미소를 띠며 말했다.

“늦지 않아서 다행이네.”

“궁주.”

진하기가 고개를 숙였다.

북황검위대의 대주는 다른 누구에게도 고개를 숙이지 않는다. 오직 궁주에게만 고개를 숙이고 존대를 한다. 그것이 바로 북황검위대 대주 진하기다.

설군표가 안에 있는 사람들을 살핀다.

힘이 없는 눈동자이지만 그 안에 담긴 따뜻한 마음이 전해져 온다. 그의 입이 힘겹게 열렸다.

“다 모였군. 한 명만 빼고……. 가장 보고 싶은 친구인데 지금 그를 부를 시간적 여유가 없는 게 무척이나 안타깝구나.”

“북해 이야기십니까?”

진하기가 묻자 설군표가 매여령에게 기댄 채로 고개를 끄덕였다. 그가 야율초재를 바라보면서 말했다.

“내 비밀 서랍을 열어보게. 그 안에 서찰이 있을 거야. 그걸 가지고 와주게.”

“알겠습니다.”

야율초재는 설군표의 책상에 다가갔지만 그의 손이 향하는 곳은 다른 곳이었다.

책상의 옆에 있는 틈에 손을 집어넣은 야율초재는 무엇인가를 만지작거렸다.

찰칵 하는 소리와 함께 벽의 한곳이 밀려났다. 그리고 그곳에 있는 서찰을 꺼낸 야율초재가 설군표에게 다시 다가왔다.

그가 힘들게 숨을 쉬면서 입을 열었다.

“서찰에 이름이 적혀 있을 거야.”

“예, 있습니다.”

서찰의 위쪽에 적힌 이름을 본 야율초재가 답했다.

야율초재, 진하기, 북해, 그리고 설무린. 네 장의 서찰에 각기 이름이 적혀져 있다.

“하아, 하아……! 각기 서찰을 받아. 자세한 내용은 그 안에 있을 거야. 하지만 간단하게 내가 자네들에게 부탁을 하겠네.”

말을 하는 것이 무척이나 버거워 보인다. 그렇지만 그는 쓰러지지 않았다.

숨을 헐떡이는 설군표의 입에서 아주 놀라운 말이 나왔다.

“이제부터 북해에게 궁주의 자리를 부탁할 걸세.”

“그런…….”

“궁주의 자리를 넘기겠다는 겁니까?”

야율초재는 놀랐고, 진하기는 진중하게 물었다. 설군표가 그런 둘의 반응에 답했다.

"반은 맞고 반은 틀렸어. 북해는 내 모습을 한 채로 북해빙궁의 궁주 자리에 있을 것이네. 내가 몸성히 살아 있다고 착각하게 하기 위해서지."

그제야 이 자리에 있는 모두는 설군표의 의중을 파악했다. 일부러 그가 쓰러지지 않고 담담하게 자신의 거처까지 걸어온 것도 다 이러한 계획을 위해서다.

북해의 역용술이 대단하다는 걸 굳이 말하지 않아도 야율초재와 진하기는 알고 있다.

"그 친구라면…… 어렵지 않게 해낼 수 있을 걸세."

북해의 역용술이라면 설군표가 가짜라는 것을 알아차리지 못할 것이다.

"야율 자네는 아무런 내색 하지 말고 하던 일을 계속하게. 북해빙궁 안에서 놈들이 함부로 활동하지 못하게 하는 게 자네의 임무야. 놈들은 북해와 내 가족을 노릴 거다. 그런 모든 것을 자네가 막아야 해. 서찰을 북해에게 선해주는 것도 자네의 임무네. 그리고 무린아…… 쿨럭."

입에서 피가 터져 나온다.

거칠게 기침을 할 때마다 몸 안에 있는 생기(生氣)가 흘러나가는 듯하다. 그의 몸 상태가 얼마나 최악으로 치닫고 있을지 알 수 있는 상황이었다.

고통스러워하는 설군표의 손을 매여령이 꼭 잡는다.

그가 잠시 괴로운 와중에서도 그녀를 사랑스러운 눈으로 바라본다.

하지만 이내 설무린을 향해 시선을 돌린 설군표는 그에게 임무를 내렸다.

"얼마 전 네가 잡아온 놈 덕분에 한 가지 알게 된 것이 있다. 넌 중원으로 나가 소요문(逍遙門)을 조사해 보거라. 그놈 머릿속을 계속 뒤진 덕에 나온 것이 그것뿐이지만 결코 허투루 볼 게 아닌 듯싶다. 자세한 건 서찰에 적어두었으니 보도록 하거라."

"…그리하지요."

대답하는 설무린의 목소리가 살짝 떨렸다.

마지막으로 남은 것이 진하기다.

그는 비록 설군표의 수하이기는 했지만 다른 자들과는 조금 달랐다. 수하이면서도 비슷한 위치에 서 있다는 느낌이 들게 하는 사내였다.

그래서 맘에 들었다.

그 누구에게도 굴하지 않는 북황검위대의 대주다운 사내였으니까.

"설무린하고 북해를 도와주었으면 하네."

"……."

"자네를 믿어."

“저는 궁주의 명만 받습니다.”

“내가 죽으면 궁주는 설무린이야. 그리고 형식적으로는 내 모습을 하고 있을 북해가 궁주지.”

설군표가 단호하게 말했다.

하지만 그 목소리는 점점 힘을 잃어갔다. 그의 두 눈동자에서 생기가 완전히 사라졌다. 그리고 간신히 지탱하고 있던 몸도 점점 무거워져만 갔다.

그럼에도 불구하고 설군표는 진하기에게서 시선을 떼지 않았다.

대답을 듣기 전에는 결코 죽을 수 없다는 의지를 보이는 것만 같다.

그 모습에 매여령의 두 눈에서 쉼없이 눈물이 쏟아졌다.

그때 진하기가 입을 열었다.

“도와는 드리겠습니다. 하지만… 북해빙궁의 주인은 당신입니다.”

“…고맙네.”

도와주겠다는 말을 들은 설군표는 그대로 손을 들어 자신을 안고 있는 매여령의 볼을 살짝 쓰다듬었다.

떨리는 손가락이 볼에 닿자 그녀는 다시 한 번 왈칵 눈물을 쏟아냈다.

“당신하고 무린이, 수진이에게 하고 싶은 말이 참 많은데… 내 시간은 이게 끝인가 보오. 미안하오. 내 죽어 귀신이 되어서라도… 모두를 지키겠소.”

그는 안면에 미소를 띤 채로 눈을 감았다.

“여보!”

매여령이 급히 설군표를 흔들었지만 그는 미동도 하지 않았다.

그때 서 있던 진하기가 다가오면서 입을 열었다.

“당신에게 아직까지 북해빙궁의 주인이라고 말한 이유는 아직 죽을 때가 아니기 때문입니다.”

의미심장한 한마디와 함께 진하기의 손이 그의 혈도를 제압하면서 동시에 쌍장을 가슴팍에 가져다 댔다.

너무나 갑작스러운 행동이었는지라 매여령은 아무런 말도 하지 못했다.

진하기의 손으로 내공이 모이면서 하얀 빛이 쏟아져 나왔다.

차가운 한기가 방 안을 가득 메웠다. 그가 손을 거둘 때까지 사람들은 아무런 말도 하지 못했다.

마침내 진하기가 손을 거두자 매여령이 급히 물었다.

“진하기님, 이건…….”

“궁주를 살릴 방도가 하나 있어.”

“정말인가요?”

진하기는 궁주의 아내인 매여령에게도 하대를 했다.

하지만 그러한 그의 행동은 북황검위대의 대주로서 당연

한 것이었다. 그리고 익숙했기에 아무도 그 같은 일에 불만을
품지 않았다.

오히려 살릴 방도가 있다는 말에 모두의 시선이 진하기에
게 쏠렸다.

해독할 수 없는 독에 중독된 자를 살릴 방도가 있다니…….

"빙관(氷棺). 내가 가지고 있다. 그 안에 궁주를 넣어두려
고 한다. 빙관에 들어가면 독은 진행을 멈추지. 문제는 시간
이야. 궁주가 강한 무인이라서 다른 자들에 비해 오래 버티기
는 하겠지만 한계가 있어. 그 안에 해독약을 만들어야 해."

"그럼 그 시간이라는 게…….

"오 년. 궁주가 인간의 범주를 뛰어넘는 자라 길게 잡아서
오 년이야. 매여령 당신이 허락하면 빙관에 넣으려고 하는
데……."

망설일 것도 없다.

흡혈잠마지독이라는 독이 아직까지 해약이 나오지 않은
극독이라는 걸 안다.

이렇게 빙관에 넣어두었다가 오 년 후 다시 한 번 좌절을
느껴야 할지도 모른다는 것도 안다.

알지만…….

매여령이 다급한 어조로 독촉했다.

"넣어주세요!"

"허락했으니 그리 행하지. 빙관은 내가 관리하겠어. 그게

가장 안전하고 비밀도 지킬 수 있으니까.”

“부탁해요.”

“그래.”

시간이 없었기에 진하기는 그대로 설군표를 옆에 있는 이불에 둘러싸고는 그대로 밖으로 사라졌다.

근방에 사람들이 많지만 아무도 진하기의 움직임을 잡지 못할 것이다.

그는 북황검위대의 대주이니까.

많은 일이 순식간에 벌어진 탓에 방 안의 분위기는 뭔가 숙연했다.

설군표가 죽었다. 아니, 잠들었다. 죽지는 않았지만 살아 있다고 말하기도 우습다.

한 가지 확실한 것은 북해빙궁을 버티고 있던 기둥이 무너졌다는 것이다. 그리고 그 기둥을 다시 일으켜 세우기 위해 시간을 벌어야 한다.

아무도 선뜻 먼저 말을 꺼내지 않고 있을 때 야율초재가 입을 열었다.

“이곳에 모두 모여 있으면 좋지 않을 것 같습니다. 몇 명씩 나눠서 돌아가도록 하지요. 자세한 이야기는 후에 따로 만나서 해야 할 것 같습니다.”

아무런 일도 없었던 것처럼 태연해야 한다.

슬픔을 감춰야 하고 앞으로의 일에 대처해야 한다. 눈물을 흘리기만 하던 매여령이 소매로 눈가를 닦아냈다. 그녀는 강인한 여인이었다. 설군표의 마음을 알기에 그에 맞게 대응해 주려는 게다.

"그럼 제가 두 분을 모시고 가겠습니다. 소궁주님께서는 야수궁의 분들을 안내해 드리고 거처로 돌아가시면 됩니다."

말을 마친 야율초재가 매여령과 설수진을 데리고 방을 나섰다. 남은 이는 이제 야수궁의 두 사람과 설무린뿐이다.

눈치를 보던 사도혜는 그를 위로하기 위해서인지 조심스럽게 말을 걸었다.

"괜찮아?"

"뭐, 아무렇지도 않습니다."

설무린이 대꾸한다.

속은 어떤지 몰라도 정말로 그는 아무렇지도 않다는 듯이 입꼬리를 비튼다.

야율초재가 막 나갔으니 약 일각가량의 시간을 두고 움직일 생각이다. 그의 시선이 방금 진까지 설군표가 누워 있던 자리로 향했다.

토해낸 피가 땅에 홍건하다.

설무린은 옆에 있는 병 중 비어 있는 것 하나를 꺼내 피를 담았다.

맹정은 땅에 가득 쏟아진 피를 담는 그의 행동을 보며 놀라 물었다.

“지금 뭘 하는 것인가?”

“흡혈잠마지독이라는 독을 구할 수 없으니까요.”

“아!”

너무 커다란 사건들이 급박하게 돌아가서 중요한 것을 잊을 뻔했다. 흡혈잠마지독의 해독약을 구하지 못하면 어차피 설군표는 죽을 목숨이다.

문제는 흡혈잠마지독이 전혀 성분을 알 수 없다는 거다.

독을 해독하기 위해서는 그 독의 성분을 알아야 한다. 독을 구할 수는 없지만 독에 당한 설군표의 피는 남아 있다. 그걸 설무린은 챙기고 있는 것이다.

모두가 생각도 하지 못한 부분이다.

설무린은 이 와중에도 가장 냉정하게 상황을 판단하고 있었던 것일지도 모르겠다.

피를 병에 모두 담은 그가 병을 품속에 넣으며 가라앉은 목소리로 말했다.

“이 독은 남만에서 나온 겁니까?”

“그렇긴 한데 남만에서도 그 독에 대해서는 잘 모른다네. 전설처럼 내려오는 독인지라…….”

“남만에서 이 독을 해독할 방법을 찾을 수 있습니까?”

“…무리일세. 오독문이 있다면 모를까 지금으로서는 힘들어.”

힘들다는 말에 설무린은 그저 고개만 끄덕인다. 무표정한 얼굴에서는 도저히 그 속내를 읽을 수가 없다. 사람이 이토록 감정을 숨길 수 있는지가 의심스러울 정도였다.

설무린이 재차 물었다.

"중원에서는 해독할 만한 문파가 어디 있습니까."

"그나마… 사천당가와 약왕전이 가능성은 있지."

"사천당문과 약왕전……."

그가 나지막이 두 곳의 이름을 되뇐다.

설무린은 맹정이 가능성을 언급한 것이 어떠한 의미인지 안다. 그곳에 간다 해도 해약을 구할 수 없을 공산이 크다는 뜻이다.

알지만… 그래도 가련다. 가능성이 조금이라도 있는데 주저앉아 있을 수는 없는 법 아닌가.

"궁금한 게 하나 있습니다. 물어도 되겠습니까?"

"무엇인가?"

맹정은 설무린이 무엇인가 묻겠다고 하자 그를 바라봤다. 여전히 무표정한 얼굴.

그가 허락했다고 생각했는지 설무린은 식설적으로 물었다.

"왜 북해빙궁에 오셨습니까?"

여태까지 마음에 묻어두었던 궁금증이다. 이렇게 먼 곳까지 야수궁의 인물이 온 이유를 모르겠다.

"아버지께서 부른 걸로 알고 있습니다. 이런 때에 굳이 야수궁의 사람들을 부른 이유가 있다고 생각됩니다. 그리고 다소 앞서 가는 생각일지 모르겠지만… 흡혈잠마독은 이번에 야수궁에서 온 자들 중 누군가가 가져왔을 확률이 큽니다. 남만하고 교류가 힘든 북해니까요.”

“휴우.”

맹정이 긴 한숨을 내쉰다.

설무린의 말대로 야수궁과 북해빙궁은 많은 교류가 오갈 수가 없다. 북해까지 오는 데 걸리는 시간이 무척이나 오래 걸리기 때문이다.

흡혈잠마독을 보내는 것이라면 새 같은 전서구를 이용하는 것이 불가능하다.

그 독을 사용하기 위해 필요한 모기인 흡혈문 때문이다. 그것을 새를 이용해 이동시킨다는 것은 무리다.

그러한 앞뒤 정황을 봤을 때는 설무린의 추측도 타당성이 있었다.

“궁주가 말하지 말라 했지만… 군이 감춰야 할 게 아니니 말해주겠네.”

사도혜 또한 그것이 궁금했는지 귀를 세우고 맹정의 말에 집중했다.

“자네의 병을 고쳐 주려고 사 년 전 야수궁의 궁주께 부탁을 했었네.”

“제 병이라니요? 설마…….”

“태양지체의 신체를 고쳐 주려고 하셨네.”

투욱!

무엇인가가 끊어지는 느낌. 설무린은 주먹을 쥔 채로 믿을 수 없다는 듯이 말했다.

“…그런 말 한 번도 듣지 못했습니다. 그리고 그런 걸 왜 감추려고 한 겁니까?”

“팔불출로… 오해받고 싶지 않다고 하시더군.”

머릿속이 하얗게 변하면서 아무런 생각도 들지 않는다.

참으로 멍청한 짓이었다.

괜히 태양지체를 치료해 주겠다고 남만에서 사람들을 오게 했다가 되레 흡혈잠마지독에 당하는 꼴이 되어버리지 않았는가.

“하, 하하!”

갑자기 설무린이 웃는다.

실성한 것마냥 미친 듯이 웃기 시작했다.

상황에 전혀 맞지 않는 설무린의 그런 행동에 맹정이 눈살을 찌푸렸다. 뭐가 그리 우스운시 모르겠지만 이러한 상황에서 웃음이라니.

‘이놈을 내가 잘못 봤구나. 호랑이의 세끼라고 생각했거늘 내 착각…….’

참지 못하고 한마디 내뱉으려던 맹정이 멈칫했다.

미친 듯이 웃는 그의 눈동자에 잠들어 있던 광기(狂氣)를 느꼈기 때문이다.

잘못 봤다는 생각이 단숨에 사라졌다.

설무린의 눈에서는 세상 그 무엇이라도 태워 버릴 것만 같은 뜨거움이 살아서 꿈틀거렸다.

미칠 듯이 웃고 있는 웃음 속에 세상 그 무엇보다 강인한 분노가 물들어 있었다.

많은 생각들이 난다.

처음 설군표를 만났을 때의 기억부터 해서 북해빙궁이라는 거대한 곳의 양자가 되면서 있었던 수많은 일들…….

다소 삐딱한 게 천성인지라 솔직하게 속내를 밝혀본 적도 없다.

핏줄도 알지 못하는 놈을 이렇게 사람으로 만들어줘서 고맙다는 말을 하고 싶었는데.

이대로 죽어버리면 평생 마음에 담아둬야 할 것 아닌가.

설무린은 천천히 웃음을 멈추고는 창가로 다가섰다. 그의 눈이 장원에 있는 연못으로 향했다.

밝은 달빛이 연못 속에 녹아든다.

'아버지… 정말 바보 같은 짓을 하셨습니다. 왜 그런 쓸데없는 짓을 하셔서 소자를 귀찮게 하십니까. 이제는… 정말로 진심이 아니면 안 되지 않습니까.'

창밖에는 아무도 없다.

아니, 그렇게 믿고 싶었다.

설무린은 시야가 뿌옇게 변했다. 그는 오른손으로 허리에 차고 있는 빙마몽환검의 손잡이를 잡았다.

꼭 감은 두 눈에서는 생전 처음이라고 믿고 싶은 눈물이 흘러내린다.

그 모습을 멀리서 북설이 아무런 말도 하지 않고 지켜보고 있었다.

설무린은 억지로 입꼬리를 말아 올리며 미소를 지었다.

이제는 다시 울지 않는다.

십오 년 전 설무린 때문에 설군표는 태양궁을 향해 북해의 바람을 불게 만들었다.

그리고 이제는 설무린의 차례다.

'놈들에게 북해의 바람이 얼마나 차가운지 똑똑히 보여주겠습니다.'

그들은 세상에서 가장 위험한 사내를 깨워 버렸다.

第五章

출두(出頭)

설무린은 자신의 거처에서 한 걸음도 나오지 않는다.

하루 종일 눈을 감은 채로 긴 명상에만 빠져 있었다. 아무도 그를 건드리지 않았다.

설무린이 이렇게 자신민의 세계에 빠지는 것은 그날 돌아와 설군표가 주었던 서찰을 읽은 직후였다.

그 서찰을 읽은 후부터 긴 명상에 빠져들더니 급기야는 주변의 모든 것에 관심을 끊은 듯이 보일 정도였다.

애써 위로를 하겠다고 찾아왔던 사도혜도 바람만 맞고 돌아갔다. 아무도 만나지 않겠다며 설무린은 장원의 문을 굳게 걸어 잠갔다.

삼 일이다.

삼 일 동안 설무린은 미동도 하지 않았다. 그런 그를 북설이 지켰다.

그리고 마침내 그가 기다리던 날이 왔다.

야율초재가 찾아온 것이다.

결코 뜨지 않을 것만 같았던 설무린이 무겁게 눈을 떴다. 며칠 동안 잠도 자지 않고 식사도 거른 상태였지만 몸 상태는 제법 괜찮다.

그는 자신의 앞에 앉은 야율초재를 바라봤다.

며칠이라는 시간 동안 그가 제법 수척해졌다는 생각이 드는 것은 설무린만의 착각일까?

"연락을 드렸어야 하는데 너무 바빠 아무런 것도 하지 못한 듯싶습니다."

"북해에게 서신을 주셨습니까?"

"오늘 가려고 합니다."

다른 일거리를 모두 처리하기 위해 삼 일이라는 시간이 지체된 모양이다.

이 안에만 처박혀 있었기에 설무린은 바깥의 일을 전혀 모른다. 하지만 야율초재의 표정으로 보아 특별한 일은 없을 거라고 짐작할 수 있었다.

"아버지는……?"

"북황검위대 대주의 말로는 빙관에 들어갈 때까지는 숨이 붙어 있으셨다고 합니다.”

“다행이군요.”

야율초재가 조심스럽게 설무린의 눈치를 봤다. 지금 그가
자신에게 무엇인가 할 말이 있음을 알기 때문이다.

그런 그의 눈빛을 알아차린 설무린이 헛웃음을 지었다.

“눈치 챘습니까, 야율?”

“하실 말씀이 있으신 것 아닙니까.”

“아버지께 안 좋은 것만 배우신 것 같습니다?”

“글쎄요…….”

야율초재가 빙긋 웃으면서 말을 끈다.

설무린은 자신의 속내를 감추지 않았다.

그는 설군표가 긴 잠에 빠지게 된 그날부터 지금까지 생각
해 둔 것을 밝혔다.

“중원에 나가려고 합니다.”

“벌써요? 내부의 일이 조금 정리된 후에 소요문에 대해 조
사를 나가는 것이…….”

“소요문도 소요문이지만 사천당문과 약왕전을 찾아갈까
합니다.”

“혹시 흡혈잠마지독 때문입니까?”

설무린이 고개를 끄덕였다.

어차피 중원에 나가야 했다. 소요문을 조사하는 것은 직접
할 생각이었다.

수하들에게 맡기고 이곳에서 편히 있을 수는 없었다.

그러면서 사천당문과 약왕전에도 한번 찾아가 볼 계획이다.

그런데 야율초재의 표정이 이상하다. 뭔가 망설이는 기색으로 그가 머뭇거린다.

“왜 그럽니까?”

“그게…….”

야율초재는 지붕 위를 올려다본다.

위에 있는 북설이 들어서 그리 좋은 일이 아닌 걸 알기 때문이다.

아주 오래전에 설군표와 북해가 벌인 일 탓에 사천당문과는 사이가 좋지 못하다.

그가 조심스럽게 말했다.

“자세한 건 말씀드리기 뭐하고, 사천당문에는 가능하면 가지 않으시는 게 좋을 겁니다. 북해빙궁에서 왔다고 하면 아마 죽이려 들 테니까요.”

“참고하도록 하지요.”

어떠한 일을 벌였는지는 모르겠지만 북설 때문에 제대로 말을 하지 못한다는 것 정도는 안다. 참고하겠다고 말은 했지만 약왕전에서 해결할 수 없다면 설무린은 망설이지 않고 사천당문을 찾아갈 게다.

그들이 설령 자신의 목숨을 노린다고 할지라도.

“그럼 중원에는 언제…….”

“빠르면 빠를수록 좋겠지요. 어머니께 인사만 드리고 갈까 합니다.”

애초부터 모든 것을 계획해 두었던 거다.

이것은 양해를 구하는 것이 아니다. 스스로 정한 것을 말하는 것뿐이다.

굳이 설득할 마음도 들지 않는다. 한번 정했으면 마음을 돌리지 않을 것을 알기 때문이다. 설군표나 설무린이나… 지독한 고집쟁이들이니까.

“인원은 얼마나 데려가실 생각입니까?”

“혼자 갈 생각입니다.”

“혼자 말입니까?”

“뭐, 저 녀석은 따라오겠지만…….”

설무린이 천장을 올려다보며 말했다. 보이지는 앉지만 지붕 위에 있을 북설을 이야기하는 거다. 설무린은 아무렇지 않게 말했지만 야율초재는 그렇지 않았다.

“혼자서는 안 됩니디.”

“무리로 움직이는 것도 좋지는 않지요. 뭐, 내 정체야 금방 무림에 알려지겠지만 혼자 다니는 거랑 무리를 지어 움직이는 것은 완전히 다르니까요.”

“일리는 있는 말이지만…….”

지금 설무린이 행하려고 하는 건 모두 비밀스러운 것들이다. 소요문에 대한 조사도, 흡혈잠마지독의 해약을 구하려는 것도 결코 드러나서는 안 될 일이다.

이유도 없이 북해빙궁의 소궁주가 무리를 끌고 중원에 나간다고 생각하는 바보는 천하에 없을 게다.

더군다나 삼 일 전에 궁주를 노린 기습도 있었다. 이런저런 경황을 따져 볼 때 설무린이 무리를 끌고 나간다면 주목받을 수밖에 없다.

하지만 그렇다고 해서 설무린을 혼자 중원으로 내보내는 것 또한 문제였다.

중원이라는 곳이 얼마나 복잡한 곳인지 잘 아는 탓이다.

설무린의 무공 실력이라면 그 누구에게도 쉽게 지지는 않을 게다.

알지만 그래도 안심이 되지 않는 것은 설무린이 다음 대 궁주의 자리를 이어야 하는 인물이기 때문이다.

그가 죽으면 북해빙궁의 미래도 없다.

"중원이라는 곳은 북해와는 다릅니다. 수십 개 문파와 가문이 대립하고 하루가 멀다 하고 사방에서 싸움이 벌어지는 곳이지요."

"후후, 심심한 것보다는 그게 훨씬 낫지요. 안 그렇습니까?"

오히려 잘됐다며 웃는 설무린을 보며 야율초재는 어쩔 수 없다는 표정을 지어 보였다. 그의 말대로 무리로 움직이는 것은 숨어 있는 적들이 움직일 기회를 줄 수가 있다.

설무린의 무공 실력이라면 구파일방, 오대세가의 장문인
정도만 아니라면 문제가 되지 않을 게다.

거기에 북설도 있다.

북설의 경지는 정확히는 알지 못하지만 설군표가 제법이
라고 평가했던 걸로 보아 초절정에 근접한 고수일 게다. 그런
둘이라면 무림에서도 건드릴 만한 문파는 얼마 되지 않는다.

다소 걱정이 되기는 하지만 따를 수밖에 없다.

그저 설무린이라는 사내가 안전하게 임무를 마치고 돌아
오기를 기도할 뿐이다.

"연락은 자주 주셔야 합니다. 무슨 일이 있거나 알아낸 것
이 있으셔도 마찬가지입니다."

"되는 한도 내에서 자주 연락드리지요."

"그리고… 몸조심하십시오. 혹 다치시기라도 한다면 궁주
님 뵐 면목이 없게 됩니다."

"오히려 저 때문에 북해빙궁에 따지러 오는 사람들을 맞을
준비나 하시는 게 니을 겁니다. 중원을 발칵 뒤집을 생각이니
까요. 후후!"

여전히 이해할 수 없는 사내다.

짐은 모두 챙겼다.

어차피 챙겨 갈 거라고 해봤자 옷 몇 벌과 돈이 전부다.

꽤나 긴 여정이 될 것임을 알기에 거치적거리는 것을 최대한 줄였다.

모든 준비를 끝마치고 짐까지 든 채로 설무린은 매여령의 거처로 향했다.

설군표가 당한 이후 단 한 번도 만나뵙지 않았다. 설무린 스스로가 자신의 거처에서 나오지 않은 탓도 있었지만 만나서 아무런 할 말이 없는 이유가 더 컸다.

그리고 지금 이렇게 중원으로 떠난다는 말에 매여령이 마음 아파하지 않을지 내심 걱정도 든다.

시비의 안내로 설무린은 매여령의 방 앞까지 도달했다. 그가 기침을 해서 그녀에게 자신이 왔음을 알렸다. 방 안에서 매여령의 목소리가 흘러나왔다.

"들어오렴."

기다렸다는 듯 안으로 들어선 설무린은 단정하게 차려입고 앉아 있는 매여령을 발견하고는 고개를 숙였다.

설군표가 당하던 날 그토록 울던 그녀가 이제는 담담해 보였다. 하지만 그것이 결코 설군표에 대해 잊어서가 아님을 잘 안다.

살 것이라는 희망이 생겨서만도 아니다.

북해빙궁 궁주의 아내로서 그를 위해 이토록 마음을 숨기고 있는 것이다.

태연하게 아무런 일도 벌어지지 않은 것처럼 웃고 있어야 하는 것이 매여령의 임무다.

어찌 보면 그것이 가장 잔인한 일일지도 모르겠다.

"중원에 가야겠습니다."

"그래."

"해약에 대해서도 알아볼 것입니다. 그래서 조금 시간이 걸릴 것 같습니다."

매여령이 설무린을 바라본다.

하고 싶은 말은 많지만 아무런 말도 하지 않는 듯했다. 그렇지만 굳이 입으로 들어야만 알 수 있는 게 아니다.

자신을 바라보는 그 눈빛에서 설무린은 많은 이야기를 들었다.

"얼마나 걸릴 것 같니?"

"이 년 이상은 걸릴 겁니다."

소요문에 대해 알아봐야 하고, 사천당문과 약왕전과의 일도 해결해야 한다. 그리고 흡혈잠마지독에 대한 해약을 만드는 것에는 시간도 오래 걸릴 것이나.

짧게 잡아서 이 년이라고 말한 것이다.

잘못하면 삼사 년이 걸릴지도 모르는 일.

그 시간이 걸려도 해약을 만들어 낼 수 있을 거라는 보장은 없다.

"무척이나 길구나. 가지 말라고 말려도 안 듣겠지?"

"예."

생각할 필요도 없이 대답했다.

그런 그를 바라보며 매여령은 뛰는 가슴을 진정시켰다. 잘 못했다가는 남편과 자식 모두를 잃을지도 모른다. 하지만 그러한 내색은 하지 않았다.

오히려 그녀는 더욱 마음을 독하게 먹었다.

“가거라. 그리고 꼭… 돌아와야 한다.”

“돌아올 겁니다. 제 자리는 바로 이곳이니까요.”

“그래. 그것만 알면 됐다. 그것만 알면…….”

매여령이 고개를 슬쩍 옆으로 돌렸다. 더 길게 이야기하면 마음이 점점 약해질 것만 같다. 그러한 그녀의 속내를 알아차린 설무린은 그대로 고개를 숙였다.

그것으로 모든 말을 대신한 설무린은 그대로 매여령의 거처에서 벗어났다.

방을 나선 설무린은 잠시 다른 사람이 생각나서 멈칫했다. 설수진과 북황검위대의 대주 진하기다.

잠깐이라도 만나고 갈까 하다가 이내 마음을 접었다.

‘아니, 이대로가 좋겠어.’

죽으러 가는 것도 아닌데 굳이 얼굴을 볼 필요는 없다. 다소 시간이 걸리기는 하겠지만 반드시 다시 만날 테니까.

설무린은 그대로 북해빙궁을 나섰다.

가볍게 어딘가를 다녀오는 수준의 것이 아니다.

몇 년은 족히 걸릴 긴 여정을 떠나는 것이다. 한데 그런 사람의 행장치고는 아주 초라하다.

아무도 마중 나오는 이도 없고 따르는 이도 없다. 물론 보이지 않게 북설이 몰래 따라오고는 있지만.

그는 몸을 돌려 북해빙궁을 바라보았다. 눈에 뒤덮인 북해빙궁은 너무나 아름답다. 설무린이 나지막이 중얼거렸다.

"잘 지내고 있어라."

중원으로 간다.

천산에서 내려와 설무린이 가장 먼저 한 일은 전 중원의 지형이 그려져 있는 지도를 산 것이다.

미리 야율초재가 연락을 해둔 덕분인지 그는 꽤나 구하기 힘든 정밀한 지도를 손에 넣었다.

가게의 주인인 나이 지긋한 노인이 곰방대를 문 입을 뻐끔거렸다.

냄새가 독하다.

그렇지만 설무린은 그러한 것에 신경 쓰지 않고 지도에 집중했다.

연초(煙草) 냄새가 아닌 다른 이유로 머리가 아파온다.

"젠장, 중원을 아주 돌아야겠군."

소요문은 청해성(青海省)에 위치한다.

사천당문은 사천성(四川省)에, 약왕전은 강서성(江西省)에 있다.

지리적으로 볼 때 청해와 사천은 붙어 있다. 그렇지만 야율초재의 말로는 사천당문과 북해빙궁의 사이에 문제가 있다고 한다.

도와달라고 갔다가 오히려 그들의 암기에 목숨을 내놓아야 할 상황이 벌어질지도 모른다.

그렇다면 사천당문보다는 약왕전을 먼저 찾아가야 한다.

청해에서 강서로, 그리고 그곳에서도 알아내지 못하면 다시 사천으로 가야 한다.

투덜거리고는 있지만 설무린의 머리는 빠르게 돌아가고 있었다.

가장 먼저 가야 할 곳부터 하여 이동 경로까지 그의 머릿속에서 순식간에 그려져 갔다.

우선 북해빙궁과 가장 가까운 곳은 바로 청해성에 있는 소요문이었다.

설군표가 준 서찰에 적힌 바대로라면 분명 그곳 소요문은 북해빙궁을 뒤집으려는 자들과 연관이 있었다.

소요문에 가서 찾아낼 수 있는 모든 단서를 찾아내야 한다.

지도에서 눈을 뗀 설무린은 아직도 연초를 문 오늘내일해 보이는 늙은 노인에게 말을 걸었다.

"노인장, 근방에 말을 파는 곳이 어디 있습니까?"

"길을 따라 쭉 가다 보면 객잔이 하나 있을 걸세. 거기서 말도 팔고 있지. 이 마을에서 말을 파는 곳은 그곳뿐이야."

"파는 말들의 상태는 좋습니까?"

"쯧, 그거야 자네의 능력에 따라 달렸지. 멍청하고 어수룩하다 싶으면 반병신 같은 말을 사게 될 수도 있는 일이고……. 세상 물정을 좀 모르는 것 같은데 조심하게. 주인이 그리 좋은 자는 아니거든."

말을 하는 노인의 입과 코에서 연기가 새어 나온다.

설무린이 웃으면서 대답했다.

"충고 고맙습니다, 노인장."

말을 마친 그는 가게의 문을 열고 바깥으로 걸어나왔다.

다소 어둡고 음침했던 가게 안과는 다르게 길거리는 활기에 가득 차 있었다.

고개를 오른쪽으로 돌린 그가 노인이 한 말을 되뇌며 걸었다.

노인이 한 말대로 얼마 가지 않아 전방 쪽에 제법 커다란 객잔이 눈에 들어왔다.

이 마을에 있은 여타의 객잔과는 확연하게 구분되어질 정도의 규모였다. 그리고 커다란 마방도 보인다. 그 안에 들어 있는 말의 숫자는 제법 되어 보였다.

마방 안에서 말들에게 풀을 먹이고 있는 사내 하나가 바삐 움직였다. 말의 분비물 때문인지 시커먼 것들을 잔뜩 붙인 그를 향해 설무린이 다가갔다.

"이 말의 주인입니까?"

사내가 힐끔 설무린을 바라본다.

그는 여물통에 있는 것을 전부 말 앞에 부어버리고는 성큼성큼 울타리 쪽으로 다가왔다. 그가 다가오자 악취가 더욱 심해졌다.

울타리에 팔을 걸친 그가 설무린의 위아래를 훑어본다.

"혼자 오셨소?"

"보면 알잖습니까. 그나저나 말들, 얼마나 합니까?"

"저는 모르니 주인에게 물어보십쇼."

말을 돌보던 사내가 다른 여물통을 들어올리며 말했다. 귀찮다는 기색이 역력하다.

"주인은 어디 있습니까?"

그는 대답도 하지 않고 손가락으로 객잔을 가리켰다.

설무린은 슬쩍 자신의 배를 바라보고는 잘됐다는 듯이 객잔으로 다가갔다.

마침 제법 출출하던 차다. 어차피 객잔에 들어가는 김에 식사까지 해결하려는 거다.

객잔 문을 연 설무린은 전혀 망설임 없이 자리에 가서 앉았다. 그가 자리에 앉자 빠르게 점소이 한 명이 식탁 옆으로 다가왔다.

나이가 아직 어려 보이지만 제법 이 생활이 몸에 배인 듯하다.

"간단하게 소면이나 좀 챙겨주거라."

“예.”

“잠깐, 꼬마야.”

인사를 꾸벅 하고 사라지려던 점소이는 설무린의 부름에 고개를 돌렸다.

아이는 혹시나 돈이라도 몇 푼 쥐어줄까 해서 눈을 빛냈다. 하지만 설무린의 입에서 나온 말은 그런 기대를 단숨에 무너뜨렸다.

“주인장 계시냐?”

“저희 주인님은 왜 찾으시는데요?”

“말을 사려고 한다. 물어보니 주인에게 물어보라고 하더군.”

“잠시만요.”

소년은 주방이 아닌 객잔의 어느 방 쪽으로 후닥닥 달려갔다.

점소이 소년은 조심스럽게 문을 두드리고는 안으로 들어섰다. 방 안에서는 술 냄새가 진동했다.

그리고 침상 한편에 반쯤 옷을 풀어헤치고 쓰러져 잠을 자는 중년의 사내 하나가 있었다.

그가 바로 이 객잔의 주인인 양통유(梁通幽)라는 자였다.

잠에 빠져 있던 양통유는 갑자기 눈을 부릅뜨면서 문 쪽을 노려봤다. 그러더니 이내 자신이 부리는 점소이라는 것을 알았는지 두 눈을 부릅뜨며 말했다.

“내가 자고 있을 때 함부로 들어오지 말라고 했거늘… 죽고 싶으냐?”

“아, 아뇨. 그게 아니라 말을 사겠다는 손님 때문에…….”

말을 사겠다는 손님이 왔다는 말에 그는 억지로 옷을 추스르면서 일어났다.

늘어진 턱살은 목을 가렸고, 눈까지 파묻혀 제대로 행색을 알아보기 힘들 정도로 살이 찐 자다.

그렇지만 소싯적에 무공을 배운 덕분에 겉보기와는 다르게 제법 몸이 날래다.

양통유는 슬쩍 문을 열어 바깥을 살피며 옆에서 쩔쩔매며 서 있는 소년에게 닦달하듯이 물었다.

“말을 사겠다는 놈이 누구냐?”

“혼자 앉아 있는 사내요. 아! 하늘색 옷에 검 두 자루를 차고 있었어요.”

“호오, 저 창가 근처에 앉아 있는 놈 말이구나.”

“예, 맞아요.”

객잔 주인은 문틈 너머로 설무린의 행색을 천천히 뜯어봤다. 제법 돈이 있어 보인다. 잡티 하나 없는 깨끗한 피부와 고급스러워 보이는 옷.

오랫동안 객잔을 운영하면서 얻은 경험은 웬만해서는 틀리지 않았다.

돈이 있을 거라고 판단했는지 그는 문을 열고 설무린이 있는 탁자를 향해 성큼성큼 다가갔다.

멀리서 뒤뚱거리다시피 하면서 다가오는 그를 보며 설무린은 자신도 모르게 비웃음을 흘릴 뻔했다. 문 뒤쪽에 숨어 자신을 훔쳐봤다는 것을 모를 리가 없다.

그 큰 덩치를 숨기려고 애쓰는 모습이라니…….

탁자 옆에 다가온 양통유가 코를 벌름거리면서 말했다.

"절 찾으셨습니까?"

"말을 사려고 하는데 주인장을 찾아가라고 해서 말입니다."

"어떤 수준의 말을 찾으시는지요?"

"최상(最上)의 말 두 필."

설무린은 바로 대답했다.

역시나 제법 돈이 있는 모양이라고 생각하며 양통유는 속으로 즐거운 비명을 질렀다.

나이도 어려 보이고 검은 차고 있지만 무공을 익힌 것 같지도 않다.

양통유 또한 무인이기에 상대에게서 풍기는 기도 징도는 느낄 수 있었다. 그런데 지금 눈앞에 있는 자에게서는 딱히 무엇인가 느껴지는 것이 없었다.

이런 경우 답은 두 가지다.

양통유와는 비교도 되지 못할 고수이거나, 그것도 아니라면 아직 무공도 제대로 익히지 않은 애송이이다.

그는 설무린의 돈이 어느 정도인지 파악하기 위해서 내심 걱정스럽다는 어투로 말을 이었다.

"허어, 최상급의 말이라면 꽤나 비쌀 터인데……."

말을 듣기가 무섭게 설무린은 주머니 안에 들어 있는 조그마한 금덩이 하나를 꺼내 그의 앞으로 밀었다.

비대한 살 때문에 가려진 양통유의 두 눈이 욕심으로 빛났다.

"이 정도면 충분하다고 생각하는데……."

금을 들어올린 그는 자신도 모르게 침을 흘릴 뻔했다. 이 정도의 금덩이를 쉽사리 던지는 자다.

양통유의 눈이 방금 전 이 금덩이가 나온 주머니로 향했다. 제법 묵직한 것이 지금 이것과는 비교도 되지 않을 정도의 어마어마한 것들이 저 안에는 들어 있을 것만 같았다.

탐욕이 고개를 치켜들면서 양통유는 한 가지 계획을 짰다.

"…이 정도면 되지요. 식사는 주문하셨습니까? 식사를 하시는 동안 말 두 필을 준비하려고 하는데……."

"소면 한 그릇 주문해 놨습니다."

"어이, 삼필아! 여기 소면에다가 공짜로 당초육(糖醋肉) 가져다 드려라!"

"예, 주인님!"

주방 쪽에서 알았다는 대답이 흘러나왔다.

양통유는 자신을 바라보는 설무린에게 능글맞은 미소를

지으면서 말했다.

"말 두 필도 사시니 그냥 드리는 겁니다. 맛있게 드시지요."

"공짜라면 마다하지 않지요."

설무린이 대꾸했다.

양통유는 그대로 객잔 위층에 있는 어느 방으로 급하게 움직여 갔다. 그리곤 문을 두드리지도 않고 방문을 벌컥 열어젖혔다. 양통유의 방처럼 술 냄새가 코를 찌를 듯이 밀려왔다.

그는 쓰러져 있는 자 중 하나를 냅다 발로 찼다.

"야, 이놈들아! 일어나서 밥값 할 준비들 해라!"

"아, 거참……. 뭡니까, 대체?"

발로 차인 사내는 헝클어진 머리를 비비면서 짜증을 냈다. 그런 그의 눈앞에 양통유는 설무린에게 받은 금덩어리를 내밀었다.

그것을 보는 순간 술에 찌들었던 사내의 눈빛이 빛났다.

"이건 뭡니까, 형님?"

"어떤 애송이 녀석이 준 거다. 지금 아래에서 식사를 기다리고 있지."

방 곳곳에 쓰러져 있던 자들이 하나둘씩 자리에서 일어나 양통유에게 다가왔다.

금덩이를 보는 그들의 눈에 이채가 인다.

"상대는?"

“한 명이야. 그것도 스물이 갓 넘은 정도. 주머니에 최소한 이것의 열 갑절은 되는 금덩이가 있을 거야.”

“완전히 거저 먹기군요.”

“그렇다니까! 따라와 봐, 임마!”

양통유는 그대로 사내 하나의 팔목을 끌고 계단 쪽으로 다가갔다.

그곳에 선 그가 몸을 가린 채로 슬쩍 설무린을 가리켰다.

“저놈이야.”

“검을 차고 있는데요?”

“딱 보면 모르겠어? 멋으로 차고 다니는 놈이지.”

“하기야……. 검을 익힌 놈치고는 얼굴이 너무 곱상하군요.”

사내는 고개를 끄덕이면서 설무린의 얼굴을 뜯어봤다. 절로 흑심이 일 정도로 예쁜 얼굴이다. 계집이었으면 좋았을 거라는 생각이 들 정도로.

양통유는 사내의 팔목을 끌고 다시금 방으로 돌아왔다.

이미 잠이 깬 다른 자들은 모두 자신들의 병기를 꺼내고 있었다.

이런 일을 한두 번 해보는 것이 아닌 탓에 일은 일사천리로 진행되었다.

문을 걸어 잠근 양통유가 사내들을 바라보면서 말했다.

“혹 몰라서 놈에게 나가는 음식에 약을 탔다.”

“당초육을 준 겁니까? 호호, 그놈 참 불쌍타.”

"불쌍하기는… 나 돈 많다 하고 티 내고 다닌 놈이 멍청한 거지. 평소대로 하고 정 안 되면 죽여도 좋아."

주방에다가 공짜로 주라고 말한 당초육에는 약이 타져 있다.

몇 가지 주의사항을 말한 뒤 다시 계단을 내려오던 양통유의 눈에 식사를 하려는 설무린의 모습이 들어왔다.

'흐흐, 오랜만에 봉 하나 물었군.'

그가 웃었다.

의자에 앉아 식사를 기다리는 설무린은 위쪽에서 자신을 내려다보는 시선을 알아차렸다.

알면서도 그는 내색하지 않았다.

오히려 자신의 앞에 놓인 찻잔에 든 차를 마시면서 그러한 그들의 행동을 즐겼다.

시간이 조금 지나자 소면과 당초육이 나왔다.

그는 젓가락을 들어 당초육에 손을 가져다 댔다.

당초육을 입에 넣는 순간 무엇인가 이실서인 느낌이 입 안에 퍼졌다.

기가 막힌 음식 맛 덕분은 아닌 게 분명하다.

'독이로군.'

당초육 안에는 독이 들어가 있었다. 그렇지만 그 독은 설무린의 몸 안에서 즉각 해독되어 버렸다.

사람을 죽이는 독은 아니다.

점점 정신을 잃게 만드는 환각독의 일종이다. 독이 들었다는 것을 알아차렸음에도 불구하고 설무린은 젓가락질을 멈추지 않았다.

'후후, 공짜로 준 것을 버릴 수는 없지.'

소면 국물까지 전부 마셔 버린 그가 자리에서 일어났다.

기다렸다는 듯이 멀리서 눈치를 보던 양통유가 다가왔다.

"식사는 잘 하셨습니까?"

"아, 덕분에. 말 두 필을 가지고 가려는데 이대로 나가면 됩니까?"

"밖에 준비해 두었습니다. 나가시면 바로 점소이 녀석이 두 마리의 말을 데리고 있을 겁니다."

"알겠습니다. 그럼."

객잔 문을 열자 눈앞에는 양통유가 말한 것처럼 두 필의 말이 있었다.

설무린은 말에게 다가가 상태를 살폈다. 다행히도 최상품은 아닐지 몰라도 제법 괜찮은 말들이었다.

그는 그대로 말 위에 올라타고 한 손으로는 다른 말의 고삐를 잡았다. 이것은 북설에게 타게 하려던 것이었지만 지금 당장은 그럴 생각을 버렸다.

설무린은 말을 타고 마을의 외곽 쪽으로 향했다.

뒤쪽으로 살짝 다가붙는 자들의 기척을 느끼며 설무린은

자신의 예감이 적중했음을 느꼈다.

'헛짓거리들을 하는군.'

방금 전 금이 들어가 있던 주머니를 탐욕으로 가득한 눈으로 바라보던 양통유의 눈빛을 설무린은 알아차렸다.

말 위에 몸을 실은 그는 일부러 종종 비틀거리면서 어지러운 듯한 흉내를 냈다.

예상이 맞다면 당초육에 들어간 독기가 발작하면서 지금쯤 정신을 잃어야 할 때다.

마을을 갓 벗어난 설무린은 더는 못 버티겠다는 듯이 나무 아래에 말 두 필을 묶고 걸터앉아 고개를 숙였다.

반 각이 흘렀다.

객잔을 나올 때부터 쫓아오던 자들이 주변에서 상황을 살피더니 이내 성공했다고 생각했는지 모습을 드러냈다. 그들은 각기 병기를 든 채로 설무린을 향해 다가왔다.

맨 선두에 선 사내가 신이 났는지 웃음을 터뜨렸다.

"흐흐! 정말로 손도 안 내고 코 푼 격이로군. 손쓸 필요도 없이 공짜로 돈이 굴러들어 왔구나."

그는 성큼성큼 다가와 설무린의 허리춤으로 손을 뻗었다.

그때,

"헉!"

고개를 숙이고 있던 설무린의 손이 그의 손목을 낚아챘다. 사내는 깜짝 놀라 급히 손을 빼려고 했지만 그것이 생각대로 되지 않았다. 설무린의 손은 결코 그의 손목을 놓아주지 않았다.

엄청난 악력에 사내의 얼굴이 새빨갛게 변했다.

"이, 이놈이…… 크윽! 당장 놓지 못하느냐!"

"원한다면."

퍽!

발로 가슴을 후려차면서 설무린은 사내의 손목을 놓아주었다. 그는 그대로 뒤로 나자빠지며 꼴사나운 모습을 보였다. 설무린이 일부러 힘을 조절했기에 큰 부상을 입지 않은 그는 붉어진 얼굴로 급히 자리에서 일어났다.

동시에 다른 자들도 자리를 잡으며 설무린을 둘러쌌다.

사방에서 모습을 드러낸 병기가 날카로운 쇳소리를 토해 냈다. 그럼에도 설무린은 오히려 입가에 미소를 건 채로 주변을 둘러볼 뿐이었다.

쓰러졌던 사내가 악에 받친 목소리를 쏟아냈다.

"건방진 새끼, 사지를 찢어놓고야 말겠다!"

"네가? 그건 불가능할 거야. 너희들은 내 손끝 하나 못 건드릴 테니까."

"닥쳐라!"

부웅!

그대로 도 한 자루가 설무린을 향해 날아든다. 날아드는 도를 그는 피할 생각도 하지 않았다.

'입만 산 애송이!'

사내는 이 일격으로 끝날 거라고 생각했다. 그렇지만 그런 그를 비웃기라도 하는 것마냥 놀라운 일이 벌어졌다. 날아드는 도를 상대가 손으로 쳐서 튕겨낸 것이다.

도를 날려 버린 설무린이 씩 웃었다.

"무림이라는 곳은 정말 재미있는 곳인 것 같군."

"너는 대체 뭐 하는……."

설무린의 몸이 사라졌다. 아니, 이곳에 있는 모두가 그 움직임을 잡지 못했을 뿐이다.

퍼억!

주먹에 그대로 가까이 있던 자가 나자빠졌다.

입에 게거품을 물고는 그대로 혼절해 버린 것이다. 무공을 익혀 나름대로 이 근방에서는 어깨에 힘깨나 주고 지내는 패거리였지만 오늘은 운이 나빴다.

북해빙궁에서 가장 위험한 사내에게 시비를 걸어버렸으니까 말이다.

"이익!"

움직임도 쫓지 못했다.

뭔가 분위기가 좋지 않다. 하지만 이러한 상황에서 도망칠 수도 없는 노릇이다. 비슷한 생각을 했는지 남은 자들이 동시에 몸을 날렸다.

남은 자는 일곱.

사방에서 병기들이 쏟아졌지만 설무린의 몸은 마치 허깨비가 된 것마냥 그 사이사이를 파고들어 피해냈다. 그리고 그 틈을 이용해 손과 발을 움직였다.

일곱 명의 사내 중 그 누구도 설무린의 일격을 받아내지 못했다.

남은 자들이 쓰러지는 데 걸린 시간은 그저 숨 한 번 내뱉을 정도의 짧은 시간에 불과했다.

쓰러진 사내들을 뒤로하고 설무린의 눈이 방금 전 벗어난 마을로 향했다.

그는 짓궂은 미소를 지었다.

"선물을 받았으니 나도 보답을 해줘야겠군."

설무린의 몸이 마을을 향해 쏜살같이 사라져 갔다.

양통유는 자신의 방에서 들뜬 기분으로 곧 돌아올 의동생들을 기다렸다. 그는 손에 든 금덩어리를 만지작거리면서 방 안을 왔다 갔다 했다.

아직 떠난 지 얼마 되지 않았음에도 불구하고 양통유는 짜증을 부렸다.

"간 지 꽤 됐는데 왜 아직도 안 오는 거야! 이 망할 놈들, 설마 그 금덩어리들을 냉큼 삼키는 건 아니겠지? 그러기만 해봐라. 내가 당장에… 음?"

혹시나 하는 마음에 발을 동동 구르던 그는 갑작스럽게 치미는 한기를 느꼈다.

주변의 온도가 갑작스럽게 낮아지면서 차가운 기운이 방 안에 가득 차기 시작한 것이다.

벌린 입에서는 하얀 입김까지 흘러나온다.

기이한 현상이다.

"뭐야, 갑자기?"

오들오들 떨기 시작한 양통유는 급히 바깥으로 나가기 위해 문 손잡이를 잡았다.

"악!"

그가 비명을 내질렀다.

문고리를 잡는 순간 지독한 한기가 뼛속까지 파고들어 온 것이다. 버틸 수 없었던 그는 급히 손을 놓고는 뒤로 물러섰다. 그의 손바닥이 찢어지면서 피가 흘러내렸다.

뒤로 주춤주춤 물러서던 양통유는 침상에 걸터앉았다가 바로 용수철처럼 자리에서 튀어 올랐다. 침상이 얼음처럼 차가웠기 때문이다.

그뿐만이 이니다. 이불도 따따하게 굳어서 세구실을 하지 못하게 되어 있었다.

그는 자신이 꿈을 꾸는 게 아닌가 하는 착각에 빠졌다. 하지만 이 살을 에는 듯한 추위는 지금이 현실이라는 것을 느끼게 했다.

방 안이 전부 얼어붙었다.

엄청난 추위에 그는 소리나게 이를 부딪치며 밖에 있을 점소이를 불렀다.

"아삼아! 아삼아! 이놈아, 나 죽는다! 당장 문을 열어라! 아이코!"

양통유는 발을 동동 구르면서 죽을상을 지었다.

第六章

소요문(逍遙門)

　많은 사람들이 오가는 길에 우두커니 선 한 사내의 눈이 커다란 흑목으로 만들어진 현판에 박혀 있었다.

　흑색의 현판에는 또렷하게 소요문(逍遙門)이라는 글자가 새겨져 있었다.

　소요문, 또는 소요검문(逍遙劍門)이라 불리는 곳이 바로 이곳이다.

　청해성 제일의 문파이자 구파일방의 하나인 곤륜파를 제하고는 근방에서는 가장 강대한 세력을 자랑한다.

　한데 신기한 것은 이들이 실제로 무림에서 두각을 드러낸 것은 채 십 년이 되지 않는다는 것이다.

그전까지는 그저 그런 조그마한 문파에 불과했던 소요문은 십 년 전쯤부터 급성장을 거듭하면서 거대 문파로 성장했다.

소요문의 현판을 당장에 박살이라도 낼 것마냥 노려보던 사내가 허리춤에 손을 가져다 댔다.

검 손잡이에 손을 가져다 댄 그가 소요문을 향해 매섭게 살기를 쏟아낼 때다.

“오라버니!”

귀청을 찢을 듯한 커다란 목소리에 사내는 움찔하면서 뒤를 돌아봤다. 그곳에는 언제 쫓아왔는지 모르는 여동생이 두 눈에 쌍심지를 돋운 채로 그를 노려보고 있었다.

“어, 언제 왔느냐?”

“오라버니! 내 분명히 말했지? 다시는 소요문 앞에서 얼쩡거리지 말라고! 당장 이리 못 와?”

열예닐곱 정도 되어 보이는 예쁘장하게 생긴 소녀는 무척이나 화가 난 모양이다.

그러한 모습에 사내는 어물거리면서 손을 내려야만 했다.

소녀는 급하게 사내를 잡아서는 인적이 뜸한 곳으로 그를 끌고 갔다.

엉겁결에 손목이 잡힌 채로 그녀를 따라가야만 했던 사내의 표정이 일그러졌다.

골목길에 이르러서야 소녀는 사내의 팔을 놓았다.

사내는 아무런 말도 하지 않았다.

그렇지만 그의 표정에는 못내 분한 기색이 가득했다. 처음에는 화를 내려 했던 소녀는 그런 사내의 표정에 마음이 약해져 버렸다.

"오라버니, 제발 잊어. 이미 잃을 만큼 잃었잖아. 더 잃을 필요는……."

"잃어서는 안 될 것들이었다, 설령 내가 죽더라도."

"오라버니!"

"내 눈앞에서 우리 천명검파의 현판이 짓밟히던 그날을 내가 어찌 잊을 수 있겠느냔 말이다!"

사내가 버럭 소리를 질렀다.

그는 분에 가득한 얼굴로 숨을 거칠게 씩씩거렸다. 그런 그의 마음을 소녀 또한 모르는 바는 아니다. 하지만 상대가 너무 좋지 않다. 단신으로 어떻게 할 정도로 소요문은 만만한 곳이 아니었다.

사내의 이름은 천인호(天仁虎).

오 년 전까지만 해도 청혜성에시 제법 위상을 떨치던 천명검파(天明劍派)의 직계 손이다. 그러던 것이 이제는 이름도 남지 않은 조그마한 장원의 주인으로 몰락해 버렸다.

오 년 전 천명검파가 괴한의 습격에 대부분의 고수들을 잃으면서 그들은 자랑스러운 이름을 잃었다. 살아남은 사람은 천명검파에 뿌리를 묻으려는 몇몇 사람들과 천인호, 그리고 그의 여동생인 천소소(天小昭)뿐이다.

천명검파를 단 일각이라는 시간 만에 궤멸시킬 정도로 괴한들은 강했다.

당시 막 초절정의 경지에 들어섰던 천인호의 아버지인 천금용(天錦蓉)은 그들의 수장과 제법 비등한 싸움을 펼쳤지만 결국 압도적인 숫자를 막아내지 못하고 무너져 버렸다.

장문인의 죽음은 문파의 쇠락과 직결했다.

더군다나 괴한들은 애초부터 천명검파를 뿌리 뽑으려 했다. 많은 자들이 그들 앞에서 피를 쏟아야만 했다. 하지만 그들의 피 덕분에 천인호와 천소소는 살 수 있었다.

정체를 알 수 없는 자들이었다지만 천인호는 바보가 아니었다. 최근 들어 천명검파에게 사사건건 시비를 걸어왔던 소요문, 그리고 자신들이 사라지면서 가장 큰 이득을 얻은 것도 바로 그들이다.

소요문이 급속도로 커져 갈 때 청해성에 있는 많은 중소문파들이 사라졌다.

문제는 심증은 있지만 결정적인 증거가 없다는 소리다.

천인호 또한 마찬가지였다.

몇 되지 않는 자들만 데리고는 복수는 꿈도 꿀 수 없는 일이었다. 증거만 있다면 명분을 가지고 잘잘못을 가릴 수 있는 기회라도 있다.

하지만 명확한 증거도 없는 데다가 그들은 지역의 패권을 장악하자마자 선한 일들을 행하면서 주변의 인심도 얻어버린 탓에 그러지도 못했다.

처음엔 그들의 소행일 거라며 욕을 하던 사람들도 이젠 천명검파를 비롯한 모든 멸문한 문파들의 일을 잊었다.

복수는 물 건너갔다는 생각에 천인호 혼자 소요문에 쳐들어가 볼까 생각해 본 적이 한두 번이 아니다. 하지만 그때마다 매번 천소소 때문에 미수에 그치곤 했다.

오늘도 소요문을 향해 살기를 뿜어대던 차에 그녀에게 뒷덜미를 잡혀 버린 것이다.

“좋아, 그날의 일은 잊지 못한다고 쳐. 하지만 나랑 한 약속은 어떻게 하고?”

“끙……..”

천인호는 골치 아프다는 표정을 지어 보였다. 그가 마음대로 목숨을 내던질 수 없는 이유는 바로 여동생인 천소소 때문이었다. 자신이 죽으면 홀로 남게 될 그녀 때문에 천인호는 아직까지 질긴 목숨을 연명하고 있었다.

절대 먼저 죽지 않겠다는 약조를 했으니 시키라며 천소소는 그에게 따지고 있는 것이다.

‘쩝, 잘못했다가는 못된 오라비가 되겠군.’

지금은 물러서야겠다고 생각했는지 그가 여동생의 옷소매를 잡고는 빙긋 웃었다.

“집에 가자. 오라비가 잘못했어.”

“또 한 번 이러기만 해봐.”

천소소가 가볍게 눈을 흘겼다.

그러자 천인호는 졌다는 듯이 양손을 들어올렸다. 그러한 모습이 우스꽝스러웠는지 슬픈 표정을 짓고 있던 그녀의 얼굴에도 웃음이 피어났다.

둘은 그렇게 자신들의 거처를 향해 돌아갔다.

한데 천인호와 천소소가 모르는 것 하나가 있었다. 그런 남매 바로 옆에 있는 나무 위에서 누군가가 자신들을 지켜보고 있었다는 것을 말이다.

나무 위에서 둘을 살피던 사내가 재빠르게 몸을 돌렸다.

얼마 전부터 수상한 사내 하나가 소요문 앞에 서서 독기 어린 눈으로 그곳을 노려보다가 사라지곤 했다.

그것을 모를 소요문이 아니었다. 그들은 수하를 시켜 그 사내의 정체를 알아내게 했다.

그러던 차에 오늘 마침내 그의 정체를 알아낸 것이다.

그들의 대화 중에 나온 천명검파라는 말을 들은 사내는 신이 났는지 낮게 웃음을 흘렸다.

“흐흐! 운 한번 더럽게 좋군. 아마 이러한 소식을 보고한다면 위에서 엄청난 포상금이 떨어질 것이다.”

그때 나무 위에서 전혀 들어본 적이 없는 이질적인 목소리가 흘러나왔다.

“네놈 참 운수 한번 더럽다.”

소요문을 향해 몸을 날리려던 사내의 몸이 뻣뻣하게 굳었다. 동시에 위쪽에서 떨어져 내린 검이 빠르게 그의 가슴을 꿰뚫었다.

비명을 지를 여유도 없이 그는 즉사했다.

죽은 자를 그대로 나무 위에 둔 채로 갑작스럽게 나타난 사내는 나무 위에 선 채로 멀리를 내다봤다.

그의 입가에 미소가 걸렸다.

"천명검파의 후예라……."

재미있는 계획이 떠올랐다.

조그마한 장원으로 돌아온 천소소는 시장에서 사 온 것들을 주방에 가져다 놨다.

이 장원은 예전에 아는 사람의 이름으로 사둔 것이다. 만약 이곳에 천명검파의 핏줄이 있다는 것이 알려지면 분명 소요문의 자들이 가만히 있지 않을 것이다.

이 거처에는 이제는 무인의 탈을 완전히 벗은 천명검파의 생존자들이 몇 남아 있을 뿐이었디.

문이 열리는 소리를 들었는지 건물 안쪽에서 나이 지긋한 노파가 모습을 드러냈다.

흑색의 지팡이로 몸을 지탱하는 노파는 주름이 자글자글한 눈으로 막 돌아온 두 남매를 바라봤다.

"오셨습니까?"

“경 할머니, 몸은 괜찮으세요?”

“나이를 먹으니 몸이 예전 같지가 않군요.”

쭈글쭈글한 얼굴이 노파의 나이가 상당할 것이라는 것을 짐작케 한다.

그녀는 오래전부터 천명검파의 수호신과도 같은 존재였다. 웬만해서는 모습을 보이지 않지만 천명검파가 무너지면서 그녀는 남매를 데리고 도망쳤던 것이다.

지금 장원에는 열 명가량의 사람이 살고 있었다.

천명검파에 소속되었던 자들로 모두가 문파 내에서도 제법 알아주던 고수들이었다.

이제는 거의 가족이라고 느껴질 정도로 친밀한 이들이다.

“할머니, 무웅(務雄) 아저씨는 어디 계시죠?”

“무웅이라면 저 뒤쪽에 있더군요.”

노파는 흉하게 변해 버린 손으로 장원 뒤편을 가리켰다. 그것만으로 대충 말하는 곳이 어디인지 알았는지 천인호는 고개를 끄덕였다.

그는 급한 발걸음으로 장원 뒤쪽으로 걸어갔다.

건물을 옆에 끼고 돌자 그곳에는 상의를 벗은 채로 검 한 자루를 들고 서 있는 중년의 사내 하나가 있었다.

그가 바로 천인호가 찾던 무웅이다.

천명검파가 무너진 이후 천인호에게 무공을 가르쳐 준 스승이 바로 그다.

"아저씨, 저 왔습니다."

무섭게 검을 휘두르던 그가 발을 멈춘다.

상체 가득히 배어 나온 땀을 닦아낸 무웅의 몸에서 하얀색 기운이 아지랑이처럼 피어올랐다. 손에 들린 검에 피어올랐던 검기가 먼지처럼 사라졌다.

"아가씨랑 함께 오셨습니까?"

"예. 지금 주방에서 저녁 식사를 준비한다는군요."

비록 지금은 이렇게 장원에 박혀 지내고 있지만 이 무웅이라는 사내는 천명검파에서도 다섯 손가락 안에 드는 절정고수였다.

그가 옷을 입는 것을 바라보던 천인호가 말했다.

"며칠 동안 소요문에 갔었습니다."

"소요문에 말입니까? 설마 가서서 행패라도 부리신 것은 아니겠지요?"

"차라리 그랬으면 속이리도 시원하겠습니다."

무웅이 얼빠진 표정으로 대꾸했다.

"그게 무슨……."

"소소가 생각나서 차마 검을 들고 쳐들어가지는 못하겠더군요."

"아가씨뿐만이 아닙니다. 도련님이 그 같은 행동을 하면 지금 살아 있는 다른 이들 또한 죽을지도 모릅니다."

“압니다. 그래서 참았습니다.”

무웅 또한 천인호의 마음을 이해 못하는 바는 아니다.

그는 젊은 혈기가 있는 사내이고, 눈앞에서 가족의 죽음을 직접 봐야만 했던 사내이다.

망해 버린 천명검파의 직계로 가문을 일으키고자 하는 사명감도 가지고 있을 것이다.

하지만 지금은 때가 아니다.

물론 그 때라는 것이 십 년이 걸려도 백 년이 걸려도 찾아올 거라는 보장은 없다. 그렇다고 해서 지금 소요문에 이빨을 들이대는 것은 멍청한 짓에 불과하다.

불행 중 다행이라면 천인호라는 사내가 그리 다혈질적인 자가 아니라는 것이다.

“너무 커버렸습니다. 장원은 제 발걸음으로 하루 종일을 걸어야 끝날 것만 같고…….”

질렸다는 듯이 말을 하는 그의 눈 안에서 이글거리는 분노를 무웅이 모를 리가 없었다. 알면서도 그는 모르는 척 천인호의 이야기를 들었다.

길어지던 이야기는 식사 준비가 됐다는 말에 끝이 났다.

이미 해는 산자락에 걸리며 주변이 어둑어둑해지기 시작했다.

천인호는 무웅과 함께 식사가 준비되어 있는 곳으로 갔다.

이미 방에는 다른 사람들이 자리한 채로 그 둘을 기다리고 있었다. 여러 가지 일들로 장원을 잠시 떠난 자들도 있어 지금 방 안에 있는 것은 여섯뿐이었다.

늦게 나타난 둘을 보며 천소소가 심통 궂은 표정을 지었다.

"오라버니 때문에 식사 준비도 늦었는데 이렇게 늦게 올래?"

"미안, 미안."

천인호가 급히 사과하면서 웃었다. 하지만 애초부터 정말로 화가 나서 한 말이 아니었기에 천소소 또한 입술을 비죽거리면서 장난스러운 표정을 지어 보였다.

급히 자리에 앉으며 천인호가 옆에 서 있는 무웅에게 말했다.

"어서 안 앉으면 소소가 화를 낼 겁니다."

"이런."

놀라는 표정으로 그가 재빠르게 자리에 앉자 천소소와 다른 세 명 또한 웃음을 디뜨렸나.

"하하!"

"호호!"

하지만 터져 버렸던 웃음보는 낯선 사내의 목소리에 의해 단숨에 사그라졌다.

"분위기가 좋군요."

뒤쪽에서 들려온 목소리에 미소 짓고 있던 무웅의 안색이 확 하니 변했고, 앉아 있던 노파가 흑색 지팡이를 들면서 자리에서 일어났다.

노파가 갑작스럽게 나타난 사내와 일행의 사이를 가로막자 그 틈에 다른 사람들이 모두 자리에서 일어나 사내에게 시선을 돌렸다.

그런 그들의 눈에 빼어난 외모의 미남자 한 명이 들어왔다.

미소를 짓고는 있지만 뭔가 사람을 내려다보는 느낌이 풍긴다.

천소소는 조심스럽게 천인호의 뒤쪽으로 몸을 감췄다. 이 자리에 있는 여섯 중에 천소소의 무공은 그리 빼어나지 못하다.

갑자기 나타난 사내는 자신 탓에 변해 버린 분위기를 보며 어깨를 으쓱했다.

"저 때문에 분위기를 망친 것 같습니다?"

"정체가 뭐냐?"

노파의 목소리는 가뭄에 말라 버린 논바닥을 연상케 했다. 사내는 그런 경 씨 성을 지닌 노파를 바라보며 입을 열었다.

"흑죽파파(黑竹婆婆), 그 지팡이가 그리 아프다고 하던데 사실인지 궁금하군요."

노파의 눈이 가늘어졌다.

자신의 정체를 알고 있다. 그 말은 곧 자신들의 정체를 안다는 소리였다.

흑죽파파의 가늘게 떠진 눈에서 살광(殺光)이 터져 나왔다.

"궁금하다? 한번 보여주면 되겠구나."

"큭큭, 궁금하기는 하지만 사양하지요."

사내는 재미있다는 듯이 웃었다.

거절이지만 어차피 그런 대화로 해결될 사이는 아니라고 판단한 지 오래다.

흑죽파파뿐만이 아니다. 무웅과 다른 사내 하나, 여인 하나도 다가온다.

천인호와 천소소는 다소 떨어진 곳에서 갑자기 나타난 사내를 바라보았다. 그런 그 둘을 바라보며 사내는 웃으면서 손가락으로 가리켰다.

"천명검파의 핏줄들, 너무 멍청하게 대놓고 다녔잖아. 꼬리가 다 밟혀 버렸어."

그 한마디에 흑죽파파는 더 이상 망설일 것을 느끼지 못했다. 놈은 자신들의 정체를 알고 이곳까지 온 것이다.

왜 혼자서 이곳까지 찾아왔는지를 비롯해 궁금한 것이 많지만 묻고 있을 시간이 없었다.

속전속결이다.

단숨에 놈의 머리를 부숴 버리고 이곳을 떠야 한다.

소요문의 무인들이 들이닥치면 도망치기는 힘들다.

흑죽파파의 손에 들린 흑색 지팡이가 움직였다. 여태까지 힘 하나 없는 노인처럼 있었던 흑죽파파의 손에서 벼락처럼 빠르게 지팡이가 휘둘려졌다.

하지만 단숨에 머리를 으깨 버릴 수 있을 거라고 생각했거늘 생각은 빗나가 버렸다.

사내가 검으로 흑죽파파의 지팡이를 막아낸 것이다. 그녀의 쭈글쭈글한 얼굴에 믿을 수 없다는 표정이 떠올랐다가 사라졌다.

그것은 지금 자신이 전신 내력을 모두 실어 가한 일격이 너무나도 쉽게 막혀서다.

'설마 이 어린 핏덩이가…….'

흑색 지팡이를 검으로 막아선 사내가 뒤로 물러선다.

동시에 세 명의 천명검파 무인이 달려들어 그를 공격해 들어갔다. 뒤쪽에 한 발 물러서서 얼얼한 자신의 손을 믿지 못하겠다는 듯 쳐다보고 있던 흑죽파파가 급히 소리쳤다.

"조심햇! 초절정고수닷!"

막 사내를 향해 일검을 펼쳐 내던 무웅은 믿기 어려웠다. 눈앞에 있는 자는 그리 나이가 많아 보이지 않는다. 그런데 이런 자가 자신도 이루지 못한 초절정의 고수라니.

단숨에 쓸어버리려는 듯이 무웅의 검에서 뻗어져 나온 빛이 천장을 가르며 떨어졌다. 동시에 양쪽에서 다른 두 명의 검도 쇄도해 들어갔다.

퍽!

사내는 땅바닥에 검을 꽂아 넣었다. 그리곤 그대로 손을 양쪽으로 뻗었다.

동시에 그의 손에서는 믿어지지 않을 정도의 파동이 느껴졌다.

콰콰콰쾅!

"컥!"

"허윽!"

엄청난 크기의 얼음이 솟구쳐 오르며 달려들던 두 사람의 몸을 그대로 휩쓸어 버렸다.

단 일 격에 둘을 보내고도 사내는 망설이지 않았다.

땅에 박은 검을 번개처럼 뽑아 들며 앞으로 화살처럼 튕겨 나갔다.

빠르게 스치듯이 지나가면서 휘두른 일검이 무웅의 가슴을 스치고 지나갔다.

분명 벨 찰나였다고 생각하는 순간 목표였던 자의 몸이 사라지며 대신 가슴에 차가운 검의 숨결이 느껴졌다.

'베였다……'

그는 가슴을 움켜쥐곤 자리에 주저앉았다.

큰 부상이 아니다. 그렇지만 무웅은 고개를 들어올린 채로 아무런 말도 하지 못했다. 그것은 지금 자신이 살아 있기 때문이다.

죽었어야 한다. 그 일격은 심장을 가르기에 충분했다.

무웅이 묵묵히 사내를 응시했다.

죽일 생각이 없지 않고서야 이렇게 손속에 사정을 두었을
리가 없다.

툭!

흑죽파파의 흑색 지팡이가 땅바닥을 치면서 튕겨 오른다.

부웅!

연약한 노파의 발악처럼 보이지만 날아드는 지팡이에 실
린 내력은 보통이 아니다.

웬만한 자로서는 그 공격을 받아낼 수도 없고, 설령 받는다
고 해도 강철로 된 검이 박살 날 정도의 위력이 있었다.

한데 사내는 너무나 쉽게 그 공격을 받아친다. 또한 그의
입가에 지어진 미소도 지워지지 않는다.

천인호의 안색이 굳어졌다.

그 또한 무인이기에 현재 상황이 어떠한지 냉정하게 판단
할 수 있었다.

'절정의 고수 셋을 단숨에 쓰러뜨렸어. 거기에 경 할머니
는 우리 아버지에 근접한 고수인데 그런 분을 압도하다니 대
체……'

자신에 비해 몇 살 정도 많아 보이는 사내에게 이 같은 고
수들이 모두 밀려 버린 것이다.

아직 싸움은 끝나지 않았지만 알 수 없는 불안감이 스치고
지나간다.

천인호는 검을 움켜잡았다.

‘나도 싸워야 돼.’

아직 승부는 나지 않았다. 흑죽파파가 초절정에 가까운 고수이기 때문이다.

둘은 눈 깜짝할 시간에 수십 합을 나눴다.

천인호가 앞으로 나가려 하자 급히 천소소가 그의 소매를 잡았다.

싸움에 개입하려던 천인호가 고개를 돌려 자신의 여동생을 보자 그녀가 급히 고개를 저었다.

“오라버니, 안 돼. 차라리 지금 도망쳐. 어떻게든 우리가 시간을 벌어볼 테니까 오라버니만큼은…….”

“소소야, 그나마 남은 천명검파가 이거다. 이거마저 포기하고 도망치라는 거니?”

절대 안 될 소리다.

그때도 도망쳤다.

당시야 어려서 그랬다는 변명거리가 있을지 모르겠지만 지금은 그것도 없다. 이곳에 있는 모든 것이 천인호의 전부다. 이것마저 잃을 수는 없었다.

천인호는 매몰차게 천소소의 손길을 뿌리치고는 검을 뽑아 들었다.

그의 모습을 본 무웅 또한 정신을 차렸다.

상대가 자신을 일부러 베지 않은 것은 안다. 하지만 그것은 상대방이 한 행동이다.

무웅은 자리에서 급히 일어나 검을 잡았다.

둘이 당장에 싸움에 개입하려던 순간이었다.

"움직이지 말아요."

낯선 목소리와 함께 사내에게 가는 길목에 여인 하나가 모습을 드러냈다. 아까 전 사내가 나타났을 때와 마찬가지로 전혀 알아차리지 못했다.

치가 떨릴 정도로 아름다운 여인이다.

검은색 무복과 긴 검은 머리카락은 사람의 혼을 쏙 빼어놓을 정도의 아름다움을 가지고 있었다.

아름다운 여인의 등장에도 놀랐지만 그보다 더욱 문제는 이 여인의 무공 실력이 전혀 감이 오지 않는다는 것이다.

'나보다 고수다.'

무웅은 단숨에 앞쪽에 선 여인이 엄청난 고수라는 것을 깨달았다.

검을 빼 들고 있는 것도 아닌데 온몸에서 퍼져 나오는 서릿발 같은 기세는 그 무엇이라도 베어 넘길 것마냥 날카롭다.

그가 움직임을 망설이는 데 반해 천인호는 다급했다.

흑죽파파가 젊은 사내에게 급작스럽게 밀리기 시작한 것이다.

흑죽파파라 하면 청해성에서는 알아주는 고수로 꼽힌다. 심지어 구파일방의 하나인 곤륜파(崑崙派)에서도 그녀를 상대할 만한 고수는 그리 많지 않은 실정이었다.

그런 그녀가 겨우 약관에 이른 사내의 공격에 점점 뒷걸음질치고 있었다.

여태까지 봐주기라도 했던 것마냥 사내의 움직임이 바뀌기가 무섭게 일어난 결과다.

"아저씨! 제가 경 할머니를 도울 테니 아저씨가……!"

"움직이지 마십시오."

낮게 가라앉은 목소리로 무웅이 말했다. 천인호가 왜 그러냐는 시선으로 그를 바라본다.

무웅은 착잡했다. 지금의 상황은 최악이다. 단둘뿐이다. 이기는 것은 그렇다 쳐도 적어도 천인호를 도망치게 할 수는 있을 거라고 생각했다.

하지만 착각이었다.

도망칠 수도 없다. 그 누구도 이 방 안에서 살아 나갈 수 없을 듯했다.

"도련님을 저 여자로부터 지켜줄 수가 없습니다."

"그럼……."

"아무래도 오늘 이 자리에서 모두 죽어야 할 듯싶습니다."

"젠장!"

그가 욕설을 내뱉으며 고개를 돌렸다.

뒤쪽에 홀로 떨어진 천소소가 걱정 어린 눈으로 싸움터를 바라보고 있었다. 천인호는 입술을 꽉 깨물면서 떨리는 마음을 다잡았다.

저 아이만큼은 살리고 싶다.

천인호가 악에 받친 목소리로 소리쳤다.

"이 소요문의 졸개들! 네놈들은 벌을 받을 것이다!"

그 순간,

파앙!

흑죽파파는 평생을 손에서 놓지 않았다고까지 말한 지팡이를 놓쳤다. 사내의 손에서 휘둘러진 검이 그녀의 지팡이를 벽에 처박히게 만든 것이다.

흑죽파파의 손이 부들부들 떨렸다.

승산이 없다.

'마음만 먹었다면 오래전에 죽었다.'

애초부터 상대가 손속에 사정을 두고 있었다는 것을 안다.

믿을 수 없지만 사실이었다.

사내가 갑작스럽게 검법을 바꾸면서부터 그녀는 시종일관 뒤로 밀렸다.

도저히 그 변화를 읽을 수가 없다.

더군다나 갑자기 앞으로 다가오고 뒤로 사라지는 바람에 공격의 흐름이 끊기기만 한다.

침묵만이 감돈다.

잠시 쓰러졌던 두 명도 자리에서는 일어났지만 흑죽파파마저 패한 지금 이 안에서 사내와 검을 겨룬다고 해도 승산 있는 자는 없었다.

어떠한 상황이 벌어질지 긴장되는 상황에서 사내는 알 수 없는 행동을 취했다.

검을 허리에 있는 검집에 다시 집어넣은 것이다.

그가 흑죽파파를 바라보면서 놀랍다는 듯이 말했다.

"힘이 보통이 아니군요."

"클클, 무슨 말이 하고픈 게냐?"

"이야기는 식사나 하면서 하도록 하는 게 어떻습니까? 마침 배도 고프고."

"…뭐?"

말을 마친 사내가 식탁으로 걸어가 자리에 앉았다.

그의 행동에 방 안에 있던 모든 사람들의 표정이 변했다. 지금의 상황을 이해할 수가 없었던 때문이다.

자리에 앉은 사내가 식탁을 살피다가 고개를 돌리더니 말했다.

"혹시 술은 없습니까?"

사람들은 식탁에 빙 둘러앉았다. 바 천소소가 가지고 온 술을 마신 설무린이 감탄사를 토해냈다.

"히야! 좋군요."

술 맛에 감탄하며 그가 웃었지만 아무도 술잔에 입을 가져다 대는 자는 없었다. 갑작스럽게 나타나 천명검파의 남은 사람들을 단숨에 쓸어버렸다.

그런 자가 식탁에 앉아 술을 마시고 있는 지금의 상황이 도통 이해가 가지 않는 것이다.

천인호가 애써 치미는 화를 누르며 입을 열었다.

"무슨 짓입니까?"

"뭐가?"

"죽이러 왔다면 깨끗하게 죽이시죠."

"내가 너를 죽일 이유가 없잖아?"

"당신, 소요문에서 온 거 아닙니까?"

소요문에서 온 게 아니냐는 말에 설무린은 얼굴을 팍 구겼다. 그는 자신을 가리키면서 어처구니없다는 표정을 지었다.

"고작 소요문에서 나 같은 고수를 만들 수 있을 것 같아?"

설무린은 청해성에서 두 번째로 강하다고 소문난 소요문을 우습게 말하며 술잔을 기울였다.

다른 이들은 그런 그의 행동이 건방지다 여길지 모르지만 사실이었다.

구파일방의 하나인 곤륜파도 북해빙궁에게는 어렵지 않은 상대다.

그런 북해빙궁의 소궁주인 설무린의 눈에 소요문은 고작으로 보일 수도 있는 것이다.

사람들은 아무런 말도 하지 못했다.

분명 설무린의 무위는 대단했다.

소요문 문주가 온다고 해도 이처럼 쉽게 흑죽파파가 질 거라는 생각은 해보지 못했기 때문이다.

소요문에서 오지 않았다는 말에 천인호는 이젠 궁금증이 치밀어 올랐다.

소요문도도 아니면서 자신들을 찾아온 이유를 알 수가 없었기 때문이다. 그리고 그걸 떠나 자신들의 정체를 알아낸 것도.

"어떻게 저희의 위치를 알아낸 겁니까?"

"궁금해?"

"물론입니다."

"간단하지. 네 뒤를 쫓았거든."

뭐 어렵냐는 듯이 설무린은 대답했다.

소요문의 인물로 보이는 자를 벤 후 바로 설무린은 천인호의 뒤를 잡았다. 그와 천소소의 눈을 속이는 정도는 설무린에게는 일도 되지 않았다.

위치를 파악하는 것은 손쉬웠다.

그러자 천인호가 의심쩍은 눈초리로 설무린을 바라봤다. 이곳의 위치를 알아낸 거야 그렇다 치시만 자신이 천명검파의 후예인 것을 알지 못했다면 쫓아오지도 않았을 게다.

그런 그의 마음을 알았을까?

"천인호. 네 이름이 맞나?"

"그렇습니다."

"며칠 동안 멍청한 짓을 해대더군."

"멍청한 짓?"

"바보도 아니고 소요문을 노려보며 그렇게 살기를 뿜어대니 모를 수야 없지. 사실 나도 소요문에 일이 좀 있어서 보름가량을 숨어서 살피던 중이었거든."

설무린이 천인호를 발견한 것은 어쩔 수 없는 일이었다.

그는 이 근방에 자리를 잡고 보름이 넘는 시간 동안 소요문을 살피며 수상한 점을 찾으려 했다.

미심쩍은 일들이 몇 가지 있어 꼬리를 잡아보기는 했지만 특별히 나오는 답은 없었다.

그러던 중 천인호가 보인 것은 당연했다.

정문에서 조금 떨어진 곳에 서서 소요문을 노려보는 행동을 하루도 빠짐없이 하는 자를 어찌 그곳을 감시하는 설무린이 놓치겠는가.

처음엔 무슨 멍청한 짓인가 바라만 봤다.

저렇게 대놓고 행동하다가는 소요문에 덜미를 잡히는 것은 시간문제였다. 예상은 들어맞았다.

소요문에서도 감시의 눈길로 천인호를 바라보기 시작한 것이다. 그리고 급기야는 그의 뒤를 쫓게 했고, 그자를 설무린이 베어버리고 쫓아온 것이다.

"소요문의 문도로 보이는 자가 너희 둘의 대화를 숨어 듣고 정체를 파악했어. 그래서 그놈을 죽이고 네 뒤를 쫓은 거고."

"그게 정말입니까?"

"믿든 안 믿든 그건 네 문제지. 그나저나 이 술 맛, 괜찮은데?"

설무린은 연신 술잔을 홀짝이면서 병을 비워갔다.

천명검파의 문도들은 서로의 얼굴을 쳐다보며 서로의 생각을 나눴다.

적이라고 생각하고 죽어라 검을 휘둘렀는데 오히려 그런 상대가 소요문으로부터 자신들을 지켜준 은인이었다.

만약 설무린이 그리 행동하지 않았다면 결국 소요문에게 천명검파의 인물들이 모여 사는 이곳을 들켜 버렸을 것이다.

술잔을 반쯤 기울인 채로 실눈을 뜬 설무린이 옆에서 멍하니 앉아 있는 천인호를 보며 입을 열었다.

"바보 같은 행동은 자제하는 게 좋아."

"아닙니다! 그건……!"

"힘도 없으면서 복수라니 우습지도 않은 소리 하지 마. 복수란 것은 힘이 있어야 가능한 거야. 힘이 없는 복수는 복수가 아닌 발악이지."

설무린의 말에 천인호는 아무런 반박도 하지 못하고 입술을 지그시 깨물었다. 그의 말대로 천명검파가 소요문에게 복수를 하는 것은 꿈도 꾸기 어렵다.

지금 남은 사람 중 소요문의 문주와 겨룰 만한 사람은 흑죽파파와 잠시 자리를 비운 혈노(血老)뿐이다.

물론 그 둘 또한 소요문의 문주를 이길 확률은 이 할 정도밖에 되지 못한다.

천인호가 고개를 들어 설무린을 바라보았다. 그리고 그 뒤에 서 있는 북설에게도 눈이 갔다.

북설이야 잘 모르지만 무웅이 자신이 상대할 수 없는 고수라고 했다. 그리고 설무린의 무위는 흑죽파파를 압도했다.

이 둘이 도와준다면…….

'무슨 멍청한 생각이냐! 외지인에게 그 무슨……..'

지금의 천명검파에서는 그 둘에게 줄 아무런 것도 없다. 외인이 아무런 대가도 없이 자신들을 도울 리 없었다.

더군다나 무엇을 준다고 해도 쓰러뜨리려는 상대가 좋지 않다.

천명검파가 무너뜨리려는 것은 청해성의 패권을 움직이는 소요문이다.

설무린에게 당한 패배를 곱씹으며 침묵하던 흑죽파파가 홀로 술잔을 기울이는 그를 바라보았다.

그녀는 핵심을 찌르듯이 말했다.

"자네가 소요문의 문도를 죽이고 이곳을 찾아온 것은 목적이 있어서겠지. 내가 봤을 때 자네는 결코 이득 없는 행동을 할 사내는 아니야."

"신기하군요. 처음 보는 사람까지 저에 대해 단번에 알아차리다니. 얼굴에 쓰여 있기라도 하나?"

설무린은 장난스럽게 자신의 얼굴을 쓰다듬으며 대꾸했다. 그 말인즉, 이유가 있어 이곳을 찾아왔다는 뜻이기도 했다.

"그러한 속내를 숨기지 않고 있으니까. 네놈은 너무 당당해. 그러한 행동이 용기인지 무모한 건지 모르겠군. 만약 전자라면… 넌 위험한 놈이다."

"후후!"

위험하다는 말이 우스웠는지 설무린이 웃음을 흘렸다.

흑죽파파의 말대로 애초에 이유가 없었다면 굳이 소요문의 문도를 죽이고 이곳까지 따라오는 귀찮은 일을 벌이지 않았을 것이다.

술을 그대로 입 안에 털어 넣은 후 설무린은 말을 이어갔다.

"당신들이 소요문에게 원한을 가지고 있는 것처럼 나 또한 그들과 풀어야 할 숙원이 있어서 말입니다."

"…우리를 도와주겠다는 말입니까?"

이야기를 듣고 있던 친인호가 떨리는 목소리로 물었다. 초절정에 다다른 저 고수 둘이 돕는다면 얼마나 좋을까 하고 생각하고 있던 그다.

그때 설무린이 단호하게 고개를 저었다.

"아니, 난 돕겠다고 말한 적은 없어. 내가 그래야 할 이유도 없고."

설무린의 매몰찬 말에 천인호의 눈동자가 커졌다.

이 둘의 정체는 모르겠지만 보통 사람들은 아니다. 이처럼 젊은 나이에 초절정의 경지에 오른다는 것은 자력으로는 불가능하다.

구파일방, 오대세가 같은 거대 세력을 제한 중소문파의 수장들 대부분은 간신히 절정에 든 자들이 대부분이다. 초절정 고수는 그만큼 쉽사리 찾을 수 있는 게 아니었다.

'잡아야 한다. 이 둘이 도와준다면 그나마 희망이 있다.'

갑자기 자리에서 벌떡 일어난 천인호가 설무린의 앞으로 다가가 무릎을 꿇었다.

자리에 있던 다른 자들의 눈이 커졌다.

놀란 무웅이 거친 목소리로 소리쳤다.

"도련님!"

"도와주시면 반드시 은혜를 갚겠습니다."

무웅의 외침이 어떠한 의미인지 잘 알지만 천인호는 애써 무시했다.

어차피 버린 자존심, 가문의 부활을 위해서라면 무슨 짓을 못할까.

설무린이 손을 뻗어 그의 멱살을 움켜쥐었다. 그러면서 의자에서 일어나자 덩달아 천인호 또한 몸을 일으키게 됐다. 놀란 사람들이 황망히 일어서려고 할 때였다.

"가만있어라."

흑죽파파가 그들을 저지했다.

멱살을 잡자 일순 놀랐던 천인호는 애써 담담한 척하면서 설무린의 두 눈을 마주했다.

공격을 하려던 것이 아니었는지 설무린은 그대로 천인호를 뒤로 밀쳤다.

그가 뒤로 몇 걸음 밀려나면서 기침을 토했다.

설무린의 눈이 차갑게 빛났다.

"네놈이 이들의 우두머리라면 함부로 무릎을 꿇지 마라. 가벼운 너의 행동에 이들의 목숨이 오늘도 사라질 뻔했다는 걸 명심해. 그리고 네가 무릎을 꿇는다고 해서 내가 마음을 바꾸지도 않아. 애초부터 내가 이곳에 온 것은 너희를 돕기 위해서가 아니라 서로 도움을 받기 위해서다."

"그 말은……."

"돕는 게 아니다. 서로에게 이득이 되니 함께하자는 거지. 천명검파가 나에게 도움이 되지 않는다면 굳이 이렇게 찾아오지도 않았어."

설무린에게도 천명검파의 사람들에게도 서로 도움이 되니 함께하자는 소리다.

같은 결과지만 말뜻은 엄연하게 다르다.

천인호가 급히 물었다.

"협력 관계를 맺자는 말입니까?"

"그렇게 보면 되겠군. 너와 내가 원하는 게 같은 것 같으니까.”

그의 표정이 환하게 변했다.

이 둘이 돕는다면 불가능하게 느껴졌던 천명검파의 재건이 가능할지도 모른다는 생각이 들어서다.

‘이들을 잘만 이용하면……’

천인호는 갑작스럽게 생긴 희망에 들떴다. 하지만 설무린이라는 사내는 결코 이용당할 사내가 아니었다.

第七章

남녀(男女)

이들은 참으로 괴이하다

천소소는 눈앞에 있는 북설을 바라봤다.

흑요석을 빼다 박은 듯한 검은 두 눈은 같은 여인이 봐도 너무나 아름다웠다.

쭉 빠진 팔과 디리도 그러하나. 나올 곳은 나오고 들어갈 곳은 들어간 몸도 부럽다.

긴 검은 생머리가 바람에 몸을 실을 때는 자신도 모르게 넋을 잃고 바라본 것이 한두 번이 아니었다.

마음만 먹는다면 천하의 그 어떠한 사내라도 휘어잡을 수 있을 것만 같은 여인이거늘 지금 하는 일은 한 사내를 옆에서 지키는 일이란다.

솔직히 믿기 어려운 일이었다.

지금 북설과 천소소는 같은 방에 있었다.

이렇게 둘이 같은 방을 쓰게 된 지도 벌써 사 일이 지났다.

처음 이곳에 와서 북설은 계속해서 설무린의 옆에 있겠다고 우겼다. 모르는 사람 입장에서는 같은 방을 쓰겠다는 소리로 들렸겠지만 설무린에게는 그렇지 않았다.

지붕 위에 숨어 하루 종일 그곳에서 시간을 보내려고 하는 것이다.

그녀의 마음은 알지만 이곳은 북해빙궁이 아니다.

거기에다가 정체만 들키지 않는다면 기습을 당하거나 무슨 일이 생길 만한 곳도 아니었다. 굳이 고지식하게 지붕 위에서 언제나 지켜야 할 필요는 없었다.

설무린은 그러한 자신의 생각을 말하고 이곳에 있는 동안만이라도 옆방을 쓰라고 했다.

어차피 지붕에서 뛰어내려 오는 거나 옆방에서 오는 거나 별 차이도 나지 않는다면서.

더군다나 옆에 있던 천소소까지 자신하고 같은 방을 쓰면 된다고 나서는 바람에 북설은 엉겁결에 그리 되어버렸다.

처음엔 다소 어색했지만 이제는 이러한 생활도 몸에 익었다.

북설은 거울 앞에 앉아 머리를 빗으면서 멍하니 생각에 잠겼다.

‘내가 고지식한 건가?

언제나 위험한 순간 도울 수 있는 거리에 있으라는 말에 지붕 위를 택하고 언제나 그곳에서 시간을 보냈다. 물론 불편하지 않다면 거짓말이다.

다른 이들의 눈에 띄지 않도록 몸을 낮추고 항상 숨소리까지 숨겨왔다.

식사는 벽곡단으로 대신했고, 잠도 언제나 새우잠을 잤다.

불편했지만 단 한 번도 불만을 가지지 않았다. 그렇게도 원했던 설무린의 그림자무사가 되었으니까. 그리고 그것은 지금도 마찬가지다.

좋은 방이 아니라도 상관없다. 그의 그림자무사로 있을 수만 있다면.

그때 침상에 엎드린 채로 북설을 바라보던 천소소가 시기심 가득한 목소리로 불만을 토해냈다.

“언니는 얼굴도 이렇게 예쁘면서 무공까지 강하다며? 그런 게 어디 있어. 완전 치사해.”

장난인 것을 알기에 북설은 그저 가벼운 웃음으로 그녀의 말에 답했다.

그러한 북설의 모습에 천소소가 입술을 내밀면서 따지듯이 말했다.

“또 그냥 웃기만 하네? 치, 그 사람이나 언니나……”

아직까지 천명검파의 사람들은 설무린과 북설이 어디에서

온 자들인지 모른다.

일부러 아무런 말을 하지 않아서다.

설무린과 북설이라는 이름만 가르쳐 주었기에 그들은 알지 못했다.

설무린이라는 이름 또한 새외삼궁에서나 유명하지 중원에서는 거의 무명소졸(無名小卒)에 가깝다.

머리를 빗은 북설이 천소소가 누워 있는 침상에 올라가 자리했다.

오랫동안 또래와 어울려 본 적이 없는 천소소는 북설을 무척이나 따랐다.

물론 그 둘도 나이 차이가 조금 나기는 했지만 그래도 천명검파의 다른 이들에 비하면 아주 적은 편이었다.

처음엔 북설의 모습에서 거리감이 느껴져 조심스럽게 말을 걸었지만 이내 그녀의 심성이 착하다는 것을 알고 하루가 다르게 친하게 대하기 시작한 것이다.

천소소는 북설의 옆에서 벌떡 일어나 앉으며 물었다.

"언니, 그 남자 어떻게 만났어?"

"설 공자님?"

소궁주라는 말을 쓸 수 없기에 북설은 공자라는 말로 호칭을 대신했다.

천소소가 고개를 끄덕였다.

"글쎄……."

"엉큼하긴! 또 그냥 넘기려고!"

웃으면서 넘기려 하자 천소소가 닦달하듯이 그녀를 몰아붙였다. 북설은 애매한 미소를 지었다.

말하기 뭐한 부분이 다소 있었기 때문이다.

"처음 뵌 건 벌써 오 년이 훌쩍 넘었어."

"우와! 되게 오래됐네?"

"내가 그분이 무공을 익히는 걸 훔쳐보다가 걸렸거든. 그때 처음 뵈었어."

"뭐야? 난 또 언니가 죽자 사자 쫓아다니기에 뭔가 근사하게 만났나 했더니… 시시하긴. 나, 잘래."

말을 마친 천소소는 그대로 침상에 누웠다.

북설은 그런 그녀를 바라보다가 천천히 침상 머리맡에 몸을 기댔다. 눕지 않고 이같이 잠을 청하는 것은 벽 바로 너머가 설무린이 있는 방이기 때문이다.

북설은 소매를 걷어붙였다.

그러자 오래전 설무린에게시 받았던 금색 팔찌가 모습을 드러냈다.

옛날 그와의 첫 만남을 생각하며 북설은 자신도 모르게 미소를 지었다.

그녀는 그 팔찌를 바라보면서 벽에 고개를 기댔다.

벽 너머에 있는 설무린의 기척을 놓치지 않기 위해서.

천명검파에 거처를 정하고 나서 며칠이 지났다. 그 기간 동안 설무린은 바깥을 돌아다니기도 하고 자신의 방에 콕 처박혀 시간을 보내기도 했다.

무엇을 계획하고 있는지 알 수 없는 사내. 뭔가 생각이 있는 듯한데 그 속내를 모르겠다.

천명검파의 사람들이 본 설무린은 그러했다.

며칠이라는 시간이 흐르고 난 뒤 천명검파에 혈노가 돌아왔다.

흑죽파파와 함께 옛날 번성한 천명검파를 지키던 수호신과도 같은 존재인 자다.

다소 붉은 얼굴을 한 혈노는 장원에 돌아오자마자 뭔가 변한 분위기를 느낀 모양이다. 흑죽파파가 그에게 대충 상황 설명을 했지만 혈노는 쉬이 믿지 못하는 듯했다.

그도 그럴 것이, 어려 보이는 이 두 남녀가 그토록 강하다니 믿기 어려웠기 때문이다.

그리고 그날 사단이 벌어졌다.

식사 자리에서 설무린이 폭탄발언을 한 것이다.

"천명검파가 살아 있는 걸 알려야 할 것 같습니다."

그 말에 식사를 하던 사람들의 표정이 굳어지며 설무린에게로 시선이 몰렸다. 며칠 동안 뭔가를 계획하는 듯하더니 나온 답이 그것이란 말인가.

다른 사람들 또한 수긍하지 못했지만 역시나 가장 먼저 반발한 것은 혈노였다.

그는 심기 불편한 표정을 지으면서 젓가락을 내려놓았다. 이 젊은 자는 그나마 남아 있는 천명검파의 뿌리를 뽑으려는 것만 같다.

혈노가 퉁명스러운 목소리로 쏘아붙였다.

"그게 무슨 소리인가? 천명검파가 살아 있는 걸 만천하에 알리자고? 자네, 단단히 미쳤군!"

"며칠 동안 소요문에 대해 더 알아보고 생각해 봤습니다만 정면으로 싸워서는 이쪽에 좋을 게 없습니다. 그들은 민심을 얻었고 패권도 장악했지요."

"그러니 더더욱 그러는 것일세. 한데 우리만으로 어찌 소요문과 싸운단 말인가? 차라리 더 사람을 모아서 차근차근……."

"그렇게 해서 오 년을 허송세월했군요."

설무린의 그 한마디에 혈노의 표정이 변했다. 노기 가득한 얼굴로 그가 설무린을 노려봤다. 하지만 그렇다고 해서 자신이 내뱉은 말을 철회할 그가 아니었다.

설무린은 속내에 담고 있는 말을 모두 토해냈다.

"사람들을 모아봤자 어차피 한계가 있습니다. 그렇게 해서 소요문을 능가한다는 게 가능해 보입니까? 앞으로 오 년? 아니, 오십 년을 보내도 못할 일이지요."

"……."

맞는 말이기는 하다.

지금 천명검파에 남은 힘이라는 것은 전무했다. 돈이 많은 것도 아니다. 그렇다고 인맥으로 무인들을 충원할 능력도 되지 않는다.

설령 돈을 모아 무인들을 모으는 행동을 한다 해도 소요문의 감시망에 걸릴 것은 불 보듯 뻔하다.

하지만 아무런 계획도 없이 이대로 살아 있음을 밝힌다면 여태까지의 세월 동안 힘겹게 숨어 있었던 이유가 없지 않은가.

혈노가 노한 기색이 역력한 말투로 설무린에게 물었다.

"우리들은 예전에 지금보다 훨씬 강한 전력을 가지고도 놈들에게 당했어. 지금이라고 해서 달라질 것 같은가?"

"그건 동의 못하겠군요. 예전의 전력이 지금보다 더 강하다는 말은."

"그게 무슨 뜻이지?"

"소요문에서 저를 이길 자는 없거든요."

"하, 하하!"

혈노가 웃었다.

하지만 그것은 유쾌해서 터져 나온 것이 아닌 가소롭다는 듯한 웃음이었다.

더불어 그 안에는 분노까지 스며 있었다.

그러한 걸 알면서도 설무린은 태연히 탁자 위에 있는 차를 마셨다.

쾅!

설무린의 여유있어 보이는 태도에 화가 난 혈노가 주먹으로 탁자를 내려쳤다.

천인호가 급히 그를 말리려는 듯이 소리쳤다.

"혈노!"

"도련님, 잠시 저놈과 이야기 좀 나누겠습니다."

천인호는 저 사내에게 혹해 있었다.

물론 구미가 당기는 것이야 이해할 수 있다. 가문을 일으켜 세우고 싶은 그에게 그러한 조건을 걸고 접근했으니 마음이 동하는 거야 당연했다.

하지만 냉정하게 판단해야 한다.

소요문의 문주는 전대 장문인인 천금용조차 이기지 못한 고수다. 설무린이라는 자가 흑죽파파를 이기긴 했다지만 소요문의 문주는 그녀보다 강하다.

거기다가 문주만이 문제는 아니다.

한 손이 열 손을 막을 수 없다는 말이 있다. 그를 제한 다른 자들은 어떻게 할 셈인가. 그 당시 괴한들의 무공은 천명검파를 압도했다.

물론 수장이 죽으면서 더욱 쉽게 무너지기는 했지만 말이다.

혈노가 이를 갈면서 말했다.

“세상 무서운 줄 모르는구나…….”

“노인장께서는 나이를 먹어서인지 겁이 먼저 앞서나 봅니다.”

“이놈이!”

버럭 소리를 지르며 혈노는 참지 못하고 일장을 휘두르려고 할 때였다.

날아드는 그의 손바닥을 북설이 쳐냈다.

팡!

“이익!”

자신의 손이 밀려나자 혈노의 얼굴이 더욱 붉어졌다.

북설은 진심으로 일장을 휘두른 그를 노려보면서 차갑게 말했다.

“함부로 살수를 펼치면 저 또한 당신을 베겠습니다.”

“뭐, 뭐라고?”

가뜩이나 젊은 여인에 의해 손바닥이 튕겨 나온 탓에 분기가 치밀어 오르던 차다. 그러던 와중에 들은 그 한마디는 혈노의 화를 폭발시켜 버렸다.

“너희 연놈들이 날 화나게 하는구나!”

“혈노, 그만 하게.”

“흑죽, 그럼 이들 말대로 하자는 겐가?”

보다 못한 흑죽파파가 나섰고, 혈노는 그녀에게 분노의 화살을 돌렸다.

흑죽파파는 혈노의 마음을 잘 알고 있었다.

그와 오십 년이 넘는 시간을 친구로 지냈거늘 그 정도를 모를 리 없었다. 알지만 지금은 이렇게 내분을 일으킬 때가 아니라고 생각하는 거다.

혈노는 시선을 돌려 설무린을 노려봤다.

"분명 네놈의 상대가 소요문에 없다 했겠다?"

설무린이 대수롭지 않다는 듯이 고개를 끄덕인다. 그는 자신감에 가득 찬 표정이었다.

비웃음이 가득한 표정으로 혈노가 말했다.

"좋다. 그럼 나와 한판 붙어보자."

"혈노!"

"말리지 말게!"

처음부터 맘에 들지 않았다.

강하다는 말을 듣기는 했지만 직접 본 것은 아무것도 없었다. 흑죽파파가 졌다고는 하지만 결코 실력 때문이라고 생각하지는 않는다.

'사술을 익혔을 것이야.'

사술로 흑죽파파를 이긴 게 분명하다는 확신을 가지고 있기에 혈노는 이리 행동하는 것이었다.

설무린이 피식 웃으면서 말했다.

"노인장, 나이도 많으신데 그만두는 게 어떻습니까?"

"네놈이 내 몸 걱정 할 필요는 없다! 당장 따라 나오너라!"

　말을 끝낸 혈노는 문을 박차고 바깥으로 걸어나갔다. 사람들은 복잡한 시선으로 흑죽파파와 혈노가 사라진 문 쪽을 번갈아 바라보았다.

　설무린이 고개를 살짝 저었다.

　"거참, 고집스러운 사람이로군."

　그 또한 자리에서 일어났다. 먼저 걸어온 도전을 피할 생각은 없다. 그리고 처음 본 날부터 혈노가 자신의 행동을 달가워하지 않았다는 걸 알았기에 더욱 그렇다.

　이 기회에 확실하게 보여주려는 생각이었다.

　천명검파의 다른 자들도 황급히 설무린의 뒤를 쫓아 바깥으로 나갔다.

　천명검파 장원의 공터에 혈노가 서 있었다.

　그는 이미 자신의 병기인 조(爪)를 꺼내 긴 채 설무린을 기다리고 있었다.

　설무린은 혈노의 반대편에 가서 섰다.

　바로 전까지만 해도 바로 뒤에 붙어서 다가오던 북설이 뒤로 물러섰다.

　혈노는 방금 전의 수모를 잊지 못하겠는지 북설을 노려보면서 소리쳤다.

　"다음엔 너니 준비하도록 해라!"

　"노인장한테는 다음이 없을 것 같은데……."

　설무린이 유들거리면서 대답했다.

송곳처럼 날카롭게 변한 혈노의 눈빛이 그의 몸을 난자할 듯이 쏘아져 왔다. 그럼에도 불구하고 시종일관 설무린의 입가에 맺힌 웃음은 걷힐 줄을 모른다.

그 미소가 맘에 들지 않았다.

"오냐, 그 건방진 미소를 당장 사라지게 해주마!"

혈노의 몸이 사라졌다.

차앙!

하늘 위에서 떨어져 내리며 휘두른 일격을 설무린이 검으로 막아냈다.

몇 사람을 제하고는 혈노의 움직임이 갑자기 사리진 것으로 보였을 게다.

"오!"

무웅이 감탄했다.

실로 전광석화(電光石火)와도 같은 공격이다.

그의 눈에도 어렴풋이 환영만이 보였을 뿐 제대로 움직임을 쫓지 못했다.

그런 공격을 펼치는 혈노나, 또 그것을 막아내는 설무린이나 무웅에게는 놀라움의 대상이었다.

자신의 회심의 일격이 막히자 놀란 것은 혈노 또한 마찬가지였다.

'사술뿐은 아니라 이건가?

뒤로 물러서면서 휘두른 그의 조에서 바람이 인다.

샤샤샥!

설무린이 옆으로 물러나는 것과 동시에 그의 옷이 베이면서 떨어져 나갔다.

기회를 주지 않겠다는 생각 때문인지 다시금 혈노가 달려들었다.

“받아랏!”

비쾌삼격팔수(飛快三擊八手).

빠르게 휘두르는 공격이 여덟 개의 잔영을 만들어낸다.

그렇게 삼격.

한마디로 스물네 번의 강력한 공격이 단숨에 쏟아졌다는 말이다. 더군다나 손가락에 낀 조는 단숨에 살점을 찢어버릴 정도로 날카로운 병기였다. 단숨에 승부를 결정짓겠다는 생각에 혈노는 초반부터 강공을 펼친 것이다.

설무린의 눈에 이채가 돈다.

‘제법.’

손에 들린 검이 춤을 추기 시작했다.

비쾌삼격팔수의 초식을 향해 매서울 정도로 빠르게 설무린의 검이 쏘아졌다.

콰앙!

두 개의 초식이 부딪치는 순간 놀랍게도 폭음이 터져 나왔다.

“이런!”

조로부터 퍼져 나온 엄청난 충격이 팔 전체를 울린다. 뒤로 물러서면서 혈노는 급히 어깨를 움켜잡았다.

상상도 하기 힘들 정도의 고통에 그는 입술을 깨물었다.

혈노의 몸에서 적색의 기운이 솟구쳐 올랐다. 손에 끼워져 있는 조에서는 살기가 묻어났다.

멀리서 그저 둘의 싸움을 보기만 하던 북설이 검에 손을 가져다 댔다. 하지만 그녀는 움직이지 않았다. 지금은 설무린의 싸움. 함부로 끼어들 수는 없다.

그리고 그가 혈노에게 질 거라는 생각은 애초부터 하지 않았다.

휘익!

단숨에 거리를 좁히며 혈노가 달려든다.

질세라 설무린 또한 앞으로 발걸음을 옮겼다. 조가 위에서 아래로 떨어져 내렸다.

퍼엉!

커다란 소리와 함께 땅바닥이 움푹 파졌다.

그렇지만 이미 설무린은 그곳에 없었다. 혈노는 낭설일 것도 없이 뒤쪽으로 조를 휘둘렀다.

'걸렸어!'

조가 설무린을 잡았나.

픽!

조가 가슴에 박혔다.

아니, 박혔다고 생각했다. 단단한 몸 때문이 아니다. 들어 올린 설무린의 손에서 솟아 나온 무엇인가가 그의 조를 막아 낸 것이다.

조가 무겁다.

'얼음? 이게 무슨 무공이기에……?'

믿어지지 않게 얼음이 눈에 보인다. 동시에 그의 머릿속에 한 가지 생각이 스치고 지나갔다.

'북해빙궁!'

동시에 강력한 번개가 혈노의 몸에 내려쳤다.

콰아앙!

"어헉!"

입에서 피를 토해내면서 혈노는 그대로 나뒹굴었다. 빙해 대력신장이 혈노의 전신을 강타한 것이다.

공격을 하지 않아도 됐지만 설무린은 손을 휘둘렀다.

그가 매몰찬 시선으로 뒤로 밀려난 혈노를 바라보았다. 그 가 피 범벅이 된 채로 자리에서 일어났다. 그렇지만 눈에는 아까 전까지 가득했던 비웃음과 노기가 사라져 있었다.

"혈노!"

흑죽파파가 급히 그에게 뛰어갔다. 혈노는 흑죽파파의 부 축을 받으면서 간신히 걸음을 옮겼다.

하지만 그의 마음은 이미 다른 곳에 가 있었다.

'설무린……. 북해빙궁주 설군표.'

설 씨는 결코 흔한 성이 아니다. 그런데 눈앞에 있는 사내
의 성이 북해빙궁의 설군표와 같다.

얼음을 만들어내는 무공을 사용하는 자라면 북해빙궁이
분명하다.

새외삼궁에 대해 제법 관심이 있는 터라 혈노는 다른 사람
에 비해 그들에 대해 잘 알고 있었다.

흑죽파파의 부축을 받던 혈노가 어렵게 입을 연다.

"잠깐만… 멈추어주게."

"더는 안 돼."

"싸우려는 게 아니야. 잠시만 이야기를 나누고 싶어서 그
러이."

흑죽파파는 망설였다. 그런 그녀의 모습을 본 설무린이 고
개를 끄덕였다.

"이야기라면 언제든지."

흑죽파파는 어쩔 수 없다고 생각했는지 혈노를 부축한 채
로 설무린에게 다가갔다.

거리가 가까워지자 혈노는 그녀를 옆으로 살짝 밀고 자신
의 힘으로 버티고 섰다. 다른 사람들의 눈에 모두 걱정스러운
기색이 가득했다.

북설은 슬쩍 설무린과의 거리를 좁혔다.

혹시나 모를 일에 대비하기 위해서다.

혈노의 목소리가 떨려 나왔다.

“혹시… 북쪽에서 오셨습니까?”

“알아차리셨군요.”

속일 생각은 없다.

어차피 자신의 존재가 무림에 소문이 나는 것은 당연하다. 그것이 언제가 되든 상관없다. 다만 자신이 무슨 이유로 중원에 나왔는지만 알려지지 않으면 그만이다.

다른 사람들은 놀라 서로의 얼굴을 바라봤다.

그들은 아직 혈노의 말뜻을 이해하지 못하고 있었다. 다만 그의 말투가 공손해졌고, 무엇인가를 알아차린 듯한 행동에 놀란 것이다.

그때 혈노의 말을 듣고 뭔가를 알아차린 듯이 중얼거리던 흑죽파파가 놀라 소리쳤다.

“…북해빙궁!”

천명검파 인물들의 눈이 흑죽파파에게 쏠렸다.

북해빙궁이라는 말에 사람들의 얼굴에는 놀라는 기색이 역력했다.

그도 그럴 것이, 북해빙궁은 천명검파나 소요문과는 비교도 할 수 없는 거대한 세력이었다.

천명검파가 청해성에서 이름을 날릴 때도 곤륜파 앞에서는 쩔쩔맸다. 하지만 그런 곤륜파도 북해빙궁 앞에서는 어린 애에 불과하다.

단지 추측이 아니다. 혈노의 말에 설무린은 분명히 긍정의 뜻을 내비쳤다.

처음 이곳에 와서 소요문을 우습게보던 그의 행동이 이제야 이해가 가기 시작했다. 북해빙궁의 인물이라면 소요문 정도야 우스울 수밖에 없다.

혈노가 조심스러운 태도로 말을 꺼냈다.

"제가 알기로 북해빙궁 궁주의 존함은 설군표로 알고 있습니다. 무슨 관계인지 여쭈어봐도 되겠습니까?"

"제 아버님 되십니다."

"……!"

충격은 더욱 커졌다.

북해빙궁의 직계 자손이라는 소리다. 어지간해서는 그들로는 대면하기조차 힘든 신분인 것이다.

다른 사람들도 놀랐지만 그들의 놀람은 혈노와는 비교도 되지 않을 게다. 그는 북해빙궁에 대해 알고 있었다. 궁주 설군표에게는 자식이 둘이다. 아들이 하나, 딸이 하나.

혈노가 몸을 숙였다.

"북해빙궁 소궁주께 혈노가 인사드립니다."

"소, 소궁주?"

더는 놀랄 기력도 없었다.

第八章

천명검파(天明劍派)

혈노의 방에 조그마한 술상이 하나 차려졌다.

밤이 조금 늦었지만 술을 마시려고 앉은 둘에게는 전혀 상관이 없는 일이었다.

방에는 설무린과 혈노, 그리고 언제나 그의 곁을 지키는 북설이 자리했다.

"크, 술 맛 하나는 일품이군요."

설무린은 옷소매로 입가를 닦아내면서 감탄을 토했다. 최근 들어 객잔에서 몇 차례 술을 마시기는 했지만 이토록 마음에 드는 맛은 발견한 적이 없었다.

제법 독한 것이 목구멍을 타고 넘어가는 순간 싸한 느낌이 전신에 퍼지게끔 한다.

"입맛에 맞으셔서 다행입니다."

설무린의 정체를 알게 된 후 혈노의 태도는 공손하게 변했다. 다른 이도 아닌 새외삼궁의 소궁주라면 곧 일문의 장문인이 될 거라는 소리와 마찬가지였다.

더군다나 중소문파도 아닌 북해빙궁의 소궁주를 어찌 경시할 수 있겠는가.

둘이 술잔을 주고받으며 몇 순배 돌았지만 딱히 오가는 대화는 없었다. 그저 아무런 말도 없이 잔이 비면 서로 채워주며 술 맛을 음미할 뿐이었다.

제법 취기가 올랐는지 가뜩이나 붉은 혈노의 얼굴이 새빨갛게 달아올라 있었다.

잔을 만지작거리던 그가 조심스럽게 설무린을 살폈다.

볼만 불그스레하게 변했을 뿐 여전히 입가에 살짝 미소를 머금은 채로 술을 벌컥벌컥 들이켜는 그다.

'속내를 알 수가 없군……'

그대로 몇 잔을 더 마신 혈노는 이제는 슬슬 정신까지 흐릿해지기 시작했다.

독한 술을 연신 입 안에 털어 넣고 버틸 정도로 혈노는 젊지 않았다.

술을 너무 마신 탓인지 몸을 가누기도 힘들다.

처음부터 내공을 써서 술기운을 날릴 수도 있었지만 혈노는 그러지 않았다. 마주 앉아 술을 마시는 설무린 또한 마찬가지였기 때문이다.

취기가 치밀어 오르기는 했지만 아직 정신은 남아 있었다.

묻고 싶은 게 있다. 그랬기에 굳이 이러한 술자리까지 가지면서 그와 마주한 것이다.

더 이상 술기운이 오른다면 버겁다고 생각했는지 혈노가 말을 꺼냈다.

“소궁주님, 여쭙고 싶은 게 있습니다.”

“물어보시죠.”

술을 들이켠 설무린이 그를 응시했다.

허락은 받았지만 혈노는 망설였다. 어찌 듣는다면 기분이 상할 수도 있는 말이기 때문이었다.

그렇지만 지금 묻지 않으면 안 되기에 혈노는 다소 수그러진 말투로 말을 꺼냈다.

“소궁주님이 생각하고 계신 것이 저희 천명검파에 해를 끼치는 일이 아닌지 묻고 싶습니다.”

“해라…….”

설무린이 말을 끌었다.

어찌 본다면 해가 될 수도 있는 일이었다.

자신들이 나타나면서 천명검파는 소요문과 싸워야 할 입장이 되었으니까.

“소요문과 싸우게 된 일이 해라면 그렇게 되겠지요.”

“그건 아닙니다.”

어차피 천명검파와 소요문은 한 하늘 아래 살 수 없는 철천지원수가 되어버렸다. 비록 힘이 없어 몸을 감추고 있다지만 싸울 만한 힘만 있었다면 결코 이처럼 숨죽이고 있지는 않았을 것이다.

북해빙궁의 소궁주가 나타나면서 싸울 의사가 생긴 것은 혈노 또한 마찬가지였다.

“제가 혹 배신이라도 할까 봐 그러시나 본데 걱정 않으셔도 됩니다. 쉽사리 편을 만들지도 않지만 잡았던 손을 쉽사리 놓지도 않으니까요.”

“허허.”

배신하지 않을 거라는 그 대답이 듣고 싶었던 것이다.

그 대답까지 듣자 더 이상 올라오는 취기를 견딜 수 없었는지 혈노의 고개가 꾸벅거려지기 시작했다. 그러면서도 혈노는 끝끝내 입을 열었다.

“저희를 도와주신다니…… 감읍할 뿐입니다…….”

그 말을 끝으로 혈노는 그대로 엎어져서 코를 골며 잠에 빠져들었다.

그런 그를 바라보며 설무린은 비어버린 잔을 흔들었다.

도와주는 것이 아니라 서로 필요하기에 함께하는 것이라고 몇 번이나 말했거늘.

그가 퉁명스럽게 중얼거렸다.

"거참, 그냥 돕는 게 아니라니까."

하지만 이미 술에 취해 쓰러져 버린 혈노가 그러한 설무린의 중얼거림을 들을 리 만무했다.

그는 비어버린 술잔을 자리에 두고 일어섰다.

뒤에 서 있던 북설이 옆으로 물러선다.

"설아, 이만 가자."

"예."

열어젖힌 문으로 찬바람이 흘러들어 왔다. 하지만 북해의 바람은 고작 이 정도가 아니다.

'이제부터다.'

정말로 매서운 한풍이 곧 몰아닥칠 게다.

천인호는 최근 기분이 들떴다.

거의 포기했던 가문의 재건이 가능할지도 모른다는 확신이 들어서다. 엄청난 고수 둘의 합류에 희망을 가지기는 했지만 확신을 가지지는 못했다.

하지만 이제는 아니다.

사내가 북해빙궁의 소궁주라는 걸 알게 돼서다.

북해빙궁이 뒤에 있다면 구파일방의 하나와 씨운나고 해도 전혀 두려울 것이 없었다.

최근 들어 천명검파는 바쁘게 움직였다. 잠시 외부에 나가 있던 사람 중에 부를 수 있는 사람은 모두 돌아오게 했다.

그리고 설무린이 지니고 있던 돈의 일부와 천명검파의 돈으로 하나둘 무인을 사들였다.

물론 그들은 지금의 거점이 아닌 다른 곳에 각각 분산시켜 두었다가 나중에 개파를 하면서 동시에 이곳으로 불러 모을 생각인 것이다.

그들의 숫자는 많지는 않지만 적어도 어느 정도 도움이 될 것은 확실했다.

사람들도 적당히 모았으니 이제는 가문이 살아 있음을 알리는 것만 남았다.

가문을 다시금 세우기 위해서는 꼭 필요한 것이 있다. 그리고 그것은 며칠 전에 이미 부탁을 해두었다. 찾아오라는 날짜가 되었기에 천 씨 남매와 설무린, 북설이 함께 장에 나섰다.

설무린의 명으로 몸을 숨기지 않은 북설은 역시나 사람들의 이목을 집중시켰다.

천소소의 얼굴도 빼어나지만 북설이 옆에 있으니 그녀의 미모가 죽는 느낌이었다.

천소소가 투덜댔다.

"사람들이 모두 언니만 보니까 나까지 창피하잖아."

"녀석아."

말조심하라는 듯이 천인호가 여동생에게 가볍게 핀잔을 줬다. 설무린의 정체를 알게 된 후부터 천인호의 행동은 더욱 조심스러워졌다.

사람이 모이는 장터이다 보니 사방에서 시끌벅적한 이야기들이 쏟아져 나온다.

개중에는 이 일행에 대해 떠드는 자들도 제법 됐다. 물론 그들은 듣지 못할 거라고 생각하며 떠드는 거겠지만 무공을 익힌 사람들이 그러한 목소리를 놓칠 리 없다.

설무린과 북설은 사람의 이목을 확 끄는 외모와 매력을 지닌 자들이다.

천인호는 옆에서 걸어가는 둘을 바라봤다. 미남, 미녀여서가 아니라 정말 묘하게 어울렸다.

장터에 있는 물건들이 신기한지 북설은 주변에 있는 것들을 놓치지 않고 살피며 걸었다. 그렇게 주변을 살피던 그녀의 시선이 잠시 꼬치 가게에서 머뭇거렸다.

설무린은 그런 북설의 눈빛을 눈치 챘다.

자신도 모르게 먼저 웃음이 새어 나왔다. 설무린은 아무런 말도 없이 성큼 앞으로 걸어나가 꼬치 가게 앞에 섰다. 동전 몇 개를 쥐어주면서 쥔 꼬치 하나를 뒤쪽에서 따라오는 북설에게 내밀었다.

그녀는 황급히 고개를 저으면서 말했다.

"아닙니다. 소궁주님이……."

"먹으라면 먹어."

"…감사히 받겠습니다."

북설은 고개를 꾸벅 하고는 그의 손에서 꼬치를 건네받았다.

너무 오랜 시간 머뭇거릴 여유가 없었기에 설무린은 그대로 걸음을 옮겼다.

그 뒤를 북설이 급히 쫓았다.

꼬치를 들고 다시 돌아오는 둘의 모습을 보며 천소소가 웃음을 참지 못했다.

"언니, 그게 뭐야? 깔깔!"

"쉿!"

설무린이 급히 손가락을 입 앞에 가져다 대자 천소소는 웃음을 멈추었다.

하지만 그녀의 눈은 여전히 웃음으로 가득했다.

일행은 다시금 목적지를 향해 걷기 시작했다. 걷는 도중 북설은 손에 들린 꼬치를 먹었다. 길을 걸으면서 음식을 먹는 모습이 흉할 법도 하련만 그녀의 아름다움 탓인지 그리 나빠 보이지 않았다.

이들이 지금 향하는 곳은 현판을 제작하는 가게였다.

며칠 전에 맡겨놓은 것을 이제야 찾으러 가는 것이다.

가게는 제법 구석진 곳에 위치해 있었다. 넓은 곳에 제법 많은 곳들이 있었지만 비밀스럽게 진행하는 일인 만큼 조용한 곳을 찾아서 일을 맡긴 것이다.

몇 개의 골목길로 접어들고 나서 검은색 나무로 된 문이 보였다.

퀴퀴한 냄새가 싫었는지 천소소는 급히 문을 열고 안으로 들어섰다. 그곳엔 슬슬 일에서 손을 놔야 할 것 같은 나이 든 노인 하나가 열심히 뭔가를 파고 있었다.

일에 너무 열중한 탓인지 그는 사람들이 들어온 것도 알아차리지 못했다.

노인을 향해 달려간 천소소가 말했다.

"할아버지, 부탁한 현판 받으러 왔는데요?"

"헛!"

갑작스럽게 천소소가 소리치자 일을 하던 노인은 깜짝 놀라 의자째 뒤로 넘어질 뻔했다.

그런 그를 급히 천인호가 잡아냈다.

"괜찮으십니까?"

"어이쿠! 그 녀석 참, 사람 놀라게 하는구나."

노인은 이마에 맺힌 땀을 닦아내며 천소소에게 핀잔을 주었다.

그녀도 미안했는지 고개를 숙이면서 사과했다.

"죄송해요."

"아니다. 젊은 아이가 기운이 있어야지."

"그런데 지희가 부탁한 현판은 어디에……."

천인호의 말에 노인이 벽 한 켠을 가리켰다. 그곳에는 제법 두터워 보이는 나무 판이 하나 세워져 있었다.

"글자를 박고 반대로 돌려놨네. 알겠지만 그 이름, 떳떳하게 보여주기는 힘들지."

천인호는 현판을 책상 위에 올려놓았다. 비록 초라한 가게이기는 했지만 오랜 시간 동안 해온 경륜이 묻어나는 실력이었다. 현판에 박혀 있는 글씨가 마치 살아서 움직이는 듯하다.

검정색 글씨를 바라보던 천인호의 두 눈에 눈물이 맺혔다.

천명검파(天明劍派)!

이 현판을 다시 거는 꿈을 얼마나 꾸어왔던가.

이제 시작이라는 것을 알면서도 왠지 모든 걸 이룬 듯한 성취감이 든다.

이래서 시작이 반이라는 말이 있는지도 모르겠다.

"감사합니다. 반드시 이 현판이 떳떳해질 수 있도록 하겠습니다."

"그러면 나야 고맙지. 어쨌든 저기 흰색 천도 준비해 두었으니 감아서 가도록 하게."

"알겠습니다."

천인호는 책상 구석에 있는 커다란 천으로 현판을 감쌌다. 지금은 이렇게 이름을 감추고 있지만 곧 당당하게 그 모습을 드러낼 수 있을 것이다.

그는 현판을 등에 멨다.

"조심해서 살펴들 가게."

"나중에 더 좋은 현판으로 부탁드리겠습니다."

"그러게."

노인이 씩 웃으면서 대답했다.

현판을 등에 진 채 바깥으로 나온 천인호의 표정이 무척이나 밝았다. 그의 얼굴에 웃음이 가득한 것이 보기 좋았는지 천소소가 그의 옆구리를 쿡 찌르면서 말했다.

"오라버니, 요새 기분이 좋아 보여."

"하하! 그래? 뭐, 나쁘지는 않아. 아니, 솔직히 말하자면… 무척이나 좋단다."

두 남매의 모습을 보며 설무린은 북해빙궁에 있을 설수진 생각이 잠시 났다.

떠날 때 인사도 하지 않고 왔는데……. 몇 년은 보지 못할 걸 알면서도 아무런 말도 하지 않았다.

하지만 그녀라면 이해할 것이다.

무척이나 이해심이 많은 아이이니까.

'심통이 나지는 않았으면 좋겠는데.'

아마 돌아가면 한동안 설수진의 잔소리를 들어야 할 게다. 알지만 그 정도야 잘못을 한 입장에서 웃으면서 넘어가 줄 수 있었다.

일행은 다시금 골목을 빠져나와 장터로 갔다.

천소소가 막 기억났다는 듯이 손바닥을 짝 소리나게 마주 치면서 말했다.

"아, 나온 김에 장 좀 보고 들어가도 될까요?"

"그렇게 해."

설무린은 아무렇지도 않게 승낙했다.

어차피 최근 움직이기 시작하면서 장을 보낼 때도 다른 이들이 따라붙어 천소소를 지키곤 했다.

그렇기에 이왕 같이 나온 김에 장을 보고 들어가는 것이 낫다고 판단한 것이다.

천소소는 부지런히 시장을 돌아다니면서 필요한 것들을 사들이기 시작했다.

그런 그녀를 천인호가 도왔다.

여전히 사방에서 북설에게 시선이 쏟아진다.

'이거 면사라도 씌우던지 해야지…….'

너무나 노골적인 시선에 설무린은 주변을 한 번 쓱 훑었다. 그와 눈이 마주치자 많은 사람들이 스리슬쩍 시선을 돌린다. 그리고 개중에 힘깨나 쓰게 생긴 자들은 오히려 그런 설무린을 노려본다.

그렇게 주변을 둘러보던 설무린의 눈이 누군가와 마주쳤다.

여태까지는 누가 자신을 노려본다고 해도 가만히 넘어갔던 설무린이다. 하지만 지금은 달랐다.

그 누군가는 입가에 미소를 지으면서 설무린을 향해 손가락을 까닥거리는 것이 아닌가. 그의 뒤에서 제법 강해 보이는 자들 몇 명이 수하처럼 따르고 있었다.

귀한 집 자식인가 하고 살피던 설무린은 뒤에 있던 수하들의 옷에 수놓아진 호랑이를 보며 회심의 미소를 지었다.

저 호랑이는 소요문의 표식이었다.

"이봐, 천인호."

"예?"

"지금 나한테 손가락질하는 놈 보이나?"

천소소가 산 물건들을 들어주던 그가 설무린이 가리킨 상대를 바라봤다.

그의 안색이 굳었다.

"저자는……!"

"소요문의 인물 같은데……."

"소요문 문주의 셋째 아들입니다."

"호오!"

설무린은 소요문 문주의 셋째 아들이라는 말에 웃음을 감추기 어려웠다. 그의 머릿속에 순간적으로 좋은 생각 하나가 떠올랐던 것이다.

손가락질을 하는 그를 바라본 설무린은 비웃음 가득한 표정을 지어 보였다.

그것이 그자의 신경을 건드린 듯했다.

그는 설무린이 미동을 하기는커녕 오히려 비웃음을 날리자 수하들을 이끌고 이쪽을 향해 다가오기 시작했다.

갑작스럽게 무인들이 이동하자 주변에 몰려 있던 사람들이 급히 옆으로 물러났다.

한눈에 봐도 귀하게 자란 티가 역력한 그가 설무린과 가까운 곳에 와서 멈추어 섰다. 뒤쪽에 있는 자들은 거대한 덩치를 뽐내듯이 팔짱을 끼고는 설무린을 노려봤다.

사내가 자신의 턱을 어루만지며 궁금하다는 표정을 지었다.

"지금 자네의 웃음이 날 향한 비웃음 같은데……."

"아니라고는 말 못하겠군."

설무린은 담담하게 대꾸했다.

그의 웃고 있던 표정이 슬쩍 일그러졌다. 그렇지만 사내는 끝까지 태연함을 유지하려고 했다.

"내가 누구인지 모르는가?"

"왜 모르겠어. 소요문 셋째 공자님 아니신가."

설무린이 상대를 놀리듯이 말했다.

이미 주변에 있던 사람들은 묘한 분위기를 읽었는지 주위를 빙 둘러쌌다.

천인호는 주먹을 꽉 쥐고는 침을 꿀꺽 삼켰다.

심상치 않은 분위기다.

상대는 소요문의 셋째 공자인 백자흠(白子欽)이다. 그 뒤에 있는 여섯 명의 거한은 그를 지키는 호위무사로 제법 이름난 자들이었다. 하지만 그들보다 더욱 무서운 자가 언제나 백자흠의 옆에 있었다.

마유(馬誘)라는 노인이다.

왜 그가 보이지 않나 했거늘 거한들 틈에서 노인 하나가 나타났다.

덩치가 조금 작은 편이기에 거한들 사이에 묻혀 모습이 보이지 않았던 모양이다.

백자흠이 설무린을 훑어본다.

당당하게 나오는 것이 뭔가 믿는 구석이 있어 보인다.

생긴 것부터 귀해 보이기에 배경이 제법 있을 거라는 생각은 했다. 알면서도 시비를 건 것은 그만큼 탐이 나는 것이 그의 옆에 있었기 때문이다.

북설이라는 여인을 여색을 밝히는 그가 놓칠 리가 없었다.

하지만 그 또한 사람들의 보는 눈이 있어 조용히 이야기로 해결하려고 했다. 정 안 된다면 정체라도 알아두었다가 밤에 기습이라도 행할 생각이었다.

한데 오히려 상대가 자신에게 시비를 걸어오는 것이 아닌가.

'하룻강아지 같은 놈이 제 주제도 모르고……'

화는 났지만 오히려 잘됐다.

시비를 걸어왔으니 이쪽에서는 그에 응당한 대가를 치러주면 그만이다.

상대가 구파일방의 인물만 아니라면 싸운다 해도 문제될 일이 없었다.

백자흠은 설무린의 정체를 확인하기 위해 물었다.

"구파일방의 인물인가?"

"아니."

단호하게 대답했다.

그리고 그 대답이 백자흠에게 마음을 정하게 만들었다.

구파일방의 인물만 아니라면 무서울 것이 없다. 조정에 있는 고관대작(高官大爵)의 자식이라면 근방에 호위무사가 있어야 한다.

검을 차고 있는 것을 보아 무인인 듯했다. 그렇지만 구파일방보다 아래라면 소요문 문주의 셋째 아들인 자신이 두려워할 필요는 없다.

싸운 이유?

자신을 향한 비웃음에 이야기로 해결보려 했지만 결국 상대의 방자한 태도에 싸움이 붙었다고 하면 그만이다.

그러한 백자흠의 계획을 도우려고 마음이라도 먹었는지 설무린의 입에서 적절한 말이 터져 나왔다.

"뭘 귀찮게 입으로 떠들고 그래? 빨리 붙고 끝내자."

"네놈이 자초한 일이다. 후회는 하지 마라."

"거참, 말 많네."

휙!

순간 바람처럼 사라진 설무린이 백자흠의 코앞에 나타나더니 주먹으로 그대로 그의 얼굴을 쳐버렸다.

픽!

"캑!"

고고한 표정을 지으면서 웃고 있던 백자흠이 기괴한 비명 소리와 함께 그대로 코뼈가 내려앉아 버렸다.

“이놈이!”

뒤쪽에 있던 여섯 명 중 하나가 백자흠의 앞을 막아섰고, 다른 다섯이 동시에 설무린을 향해 몸을 던졌다.

외공을 익힌 자들답게 그들의 몸은 칼조차 박히지 않을 것 같이 단단해 보였다.

하지만 결코 그들은 설무린의 상대가 되지 못했다.

다섯 명의 사내는 단숨에 설무린을 뭉갤 듯이 주먹질을 해 댔다. 하지만 이미 그들의 사이에서 빠져나온 설무린이 빈정 거리며 말했다.

“뭐 하는 거냐?”

“저 미꾸라지 같은 놈이 어디서……!”

말을 끝마치기도 전이었다.

다섯 명의 거구들의 몸에 갑작스럽게 상처가 생겨나면서 피가 터져 나왔다.

병기도 없었거늘 마치 칼로 온몸을 벤 듯한 상처였다.

“시시하군.”

설무린의 말에 화가 솟구친 다섯 명은 이를 갈면서 달려들 었다.

딴청을 부리던 그의 눈에서 갑작스럽게 새파란 안광이 터 져 나왔다. 그의 몸에서 다리가 굳어버릴 정도의 한기가 쏟아 졌다.

그리고 설무린의 몸이 그대로 앞으로 쏘아져 나갔다.

그의 손이 빠르게 움직이면서 거구 사내들의 몸을 이리저리 비틀어 버렸다.

"컥!"

"으으억!"

비명 소리와 함께 다섯 사내가 동시에 온몸이 기괴하게 뒤틀린 채로 쓰러졌다.

그들을 발로 밀어내면서 설무린은 코피를 흘리면서 주저앉아 있는 백자흠을 바라봤다.

"이게 다야? 아니면… 저 노인장도 나서실 생각인가?"

"마유!"

백자흠이 분에 찬 목소리로 노인의 이름을 불렀다. 뒷짐을 진 채로 상황을 보기만 하던 마유는 썩 내키지 않는 듯 발걸음을 옮겼다.

백자흠의 이런 개인적인 일에까지 나서야 한다는 사실이 한심스럽기까지 했던 것이다.

'아비의 반도 못 미치는 놈 같으니라고.'

하지만 그의 임무이니 어쩔 수 없었다. 이대로 물러간다면 소요문의 위상에 문제가 생긴다.

겉으로 보기에도 먼저 시비를 건 것은 저쪽이다.

차라리 이쪽의 잘못이라면 명문정파답게 사과라도 하고 넘길 수 있었다.

설무린의 앞에 가서 선 마유는 의구심을 떨칠 수가 없었다.

‘일부러 시비를 건 것 같단 말이야. 저놈… 뭔가 위험한 냄새가 나는데.’

의심이 생기기에 더더욱 싸워야 할 것 같은 생각이 든다.

“제법 하는 것 같다만 날 만난 게 네놈의 실수다.”

“누가 실수를 했는지는 모를 일이고.”

마유는 설무린의 말에 발끈했는지 이를 부드득 갈았다. 자신의 반도 살지 않은 어린놈의 말투가 심기를 건드렸다.

“육시랄 놈! 네놈을 죽여 버리겠다!”

“앞으로 살 날이 창창한 나 말고 노인장이 죽는 게 나을 것 같은데…….”

설무린의 말에 더는 못 참겠는지 마유는 공격을 펼쳐 냈다.

“놈!”

피잉!

그의 몸이 마치 공처럼 튕겨져 나왔다. 설무린은 급히 두 손을 교차시켜 달려드는 마유의 공격을 받아냈다. 제법 묵직한 힘에 설무린이 뒤로 밀려났다.

“호오?”

“어디서 건방지게!”

마치 내려다보는 것만 같은 반응에 마유의 움직임이 너욱 거세졌다. 그의 손바닥에서 매섭게 경풍이 몰아쳤다.

설무린은 처음으로 검을 뽑았다.

‘제법 고수. 하지만 혈노보다는 조금 아래.’

이미 상대의 실력은 대충 파악됐다.

흑죽파파나 혈노보다 조금 약한 수준의 고수다. 상대가 되지 않는다.

설무린이 검을 뺐었다.

한데,

타앙!

정확하게 팔뚝을 찔렀다고 생각했는데 검이 뒤로 밀려난다. 옷이 찢기면서 드러난 그의 피부가 마치 불에 탄 고기 껍질마냥 검다. 피부가 쇠처럼 단단하다.

스스슥!

기회라고 생각했는지 마유가 빠르게 다가오며 손을 휘둘렀다. 그의 손가락이 설무린의 소맷자락을 뜯어냈다.

뒤로 거리를 벌린 설무린이 흥미가 돈다는 표정으로 말했다.

"노인장, 재미있는 몸을 가졌군!"

"이 육시랄 놈이 끝까지 사람을 놀리려 드는구나!"

마유가 움직였다.

설무린도 자세를 잡으면서 검을 움직였다. 시간을 끌 여유는 없었다.

장터에서 일어나는 일이니 금세 소요문의 귀에 들어갈 것이다. 그전에 이곳을 떠야 한다.

설무린 또한 진지하게 검을 움직였다.

설풍수라마검 사초식 수라환영!

한 보를 내디뎠다.

달려들던 마유의 눈이 커졌다. 갑작스럽게 설무린의 몸이 사라지더니 옆에서 나타난다.

또다시 한 보.

이번에는 더더욱 변화가 커졌다.

동시에 그의 손에 들린 검에서 무수히 많은 잔영이 쏟아져 나왔다.

'환영? 아니면 다 진짜인가?'

판단을 내려야 한다.

환영이라면 나아가야 하고 진짜라면 물러서야 한다. 하지만 이미 앞으로 달려들고 있었다. 그리고 이 같은 변화는 믿을 수가 없었다. 수십, 수백 개로 변하는 검날을 어찌 믿을 수 있단 말인가.

'환영!'

마유는 자신의 판단을 믿었다.

그리고 또 그의 저주받은 몸뚱이도 믿었다.

보기에는 혐오스럽지만 이 몸을 얻기 위해 그는 삼십 년이 넘는 긴 세월을 소모했다.

그랬기에 마유는 망설이지 않고 쏟아지는 검세 속으로 몸을 날렸다.

그런데…….

스팟!

슥!

온몸에 닿는 것은 결코 환영이 아니었다. 그리고 그토록 믿었던 자신의 쇳덩어리 같은 몸에서 피가 마구 터져 나왔다.

‘피해야 돼!’

급히 뒤로 신법을 펼쳐 물러났지만 이미 늦었다.

한번 문 먹이를 수라(修羅)는 결코 놓치지 않는다.

콰드득!

기괴한 소리와 함께 몸이 일그러진다. 순식간에 핏덩이가 된 채로 마유의 몸이 땅으로 나뒹굴었다.

휘리릭!

미친 듯이 쏟아지던 검들이 사라졌다.

착!

지옥을 만들어냈던 검이 검집 안으로 들어갔다. 설무린은 평온한 표정이었다.

반면 유일하게 남은 거구사내의 보호 안에 있던 백자흠의 표정이 공포에 질려 있었다.

설무린은 뒤에 있을 천인호를 불렀다.

“현판을 가져와.”

“예?”

“네가 들고 있는 그 현판.”

“아……!”

설무린의 무공에 넋을 잃고 있던 천인호는 그제야 현판을 들고 설무린에게 달려왔다.

설무린은 현판을 받고는 그것을 강하게 땅에 찍었다.

쾅!

내공 덕분에 현판의 아랫부분이 살짝 땅에 틀어박혔다.

어떻게 도망쳐야 하나 눈치를 보던 백자흠이 기겁했다. 지금은 죽임을 당해도 전혀 이상할 것이 없는 상황이었다.

"어이, 백 씨 성을 지닌 애송이! 네 아버지에게 가서 전해라!"

설무린은 천을 잡더니 그대로 허공을 향해 던져 버렸다. 천이 벗겨지면서 현판에 적힌 글자가 천하에 모습을 드러냈다.

천명검파!

주변에 있던 모든 사람들의 눈에 그 글씨가 틀어박혔다.

설무린이 백자흠을 향해 특유의 미소를 지으며 말했다.

"천명검파(天明劍派)가 다시 돌아왔으니까… 뒤가 구리는 게 있다면 몸조심하시라고."

『빙마전설』 3권에서 계속…

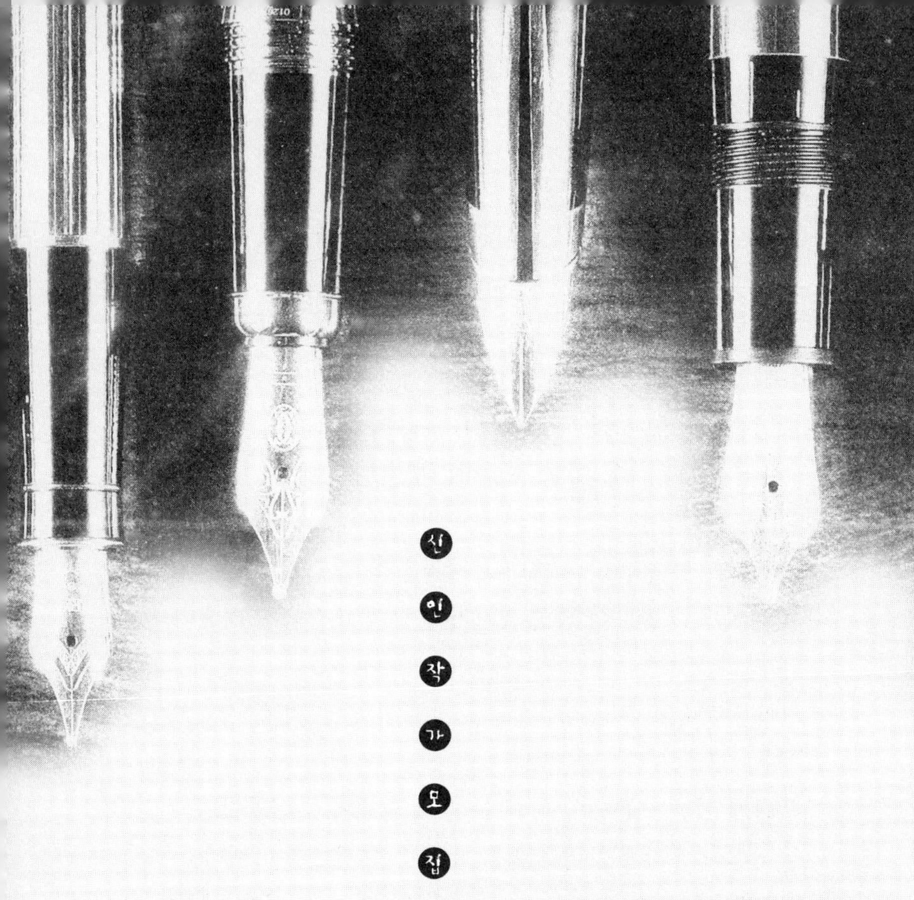

무한 상상 · 공상 세계, 청어람 신무협&판타지

「표사」, 「소환전기」를 뛰어넘는
참신한 재미와 쾌감을 선사한다!

청바지와 박스티 같은 무협 소설!
쉽고 재미있는, 편한 무협을 즐겨라!

『잠룡전설』
(潛龍傳說)

잠룡전설(潛龍傳說) / 황규영 지음

"주유성?
영웅이지. 하늘이 내린 사람이야.
그 사람 게으르다고?
에이, 난 그런 소문 안 믿어.
게으름뱅이가 어떻게 그런 엄청난 일들을 해?"

강호에 내린 희대의 겁난.
하늘은 엄청 센 놈을 영웅이랍시고 내린다.
하지만…….
젠장! 엄청난 게으름뱅이다!!

무한 상상 · 공상 세계, 청어람 신무협&판타지

『한백무림서』11가지 중 『무당마검』, 『화산질풍검』을
잇는 세 번째 이야기 『천잠비룡포』의 등장!!

천잠비룡포(天蠶飛龍袍) / 한백림 지음

천상천하 유아독존!!
새로운 무림 최강 전설의 탄생!!

『천잠비룡포』
(天蠶飛龍袍)

천잠비룡황, 달리 비룡제라 불리는 남자.

그는 누군가의 명령을 받고 움직이는 남자가 아니다.
그는 자신의 적을 앞에 두고 물러나는 남자가 아니다.
그는 자신의 이름 안에 있는 자들의 원한을 결코 잊는 남자가 아니다.

그 누구보다도 결정적이고 파괴력있는 면모를 지닌 남자.
황(皇)이며, 제(帝). 그것은 아무나 지닐 수 있는 칭호가 아니다.
그는 제천의 이름으로도 제어할 수가 없는 남자였다.

무적의 갑주를 몸에 두르고
가로막은 자에게 광극의 진가를 보여준다.

잘나가고 싶은 사람은 읽어라!

그에게 한눈에 반했다! 그것은 분위기 탓?
애인과 나란히 걸어갈 때 당신은 좌, 우 어느 쪽에 서는가?
이성은 왜 서로 끌리는 걸까? 그 심층 심리를 해명한다!

30초의 심리학

■ **30초의 심리학**
아사노 하치로우 지음 / 계일 옮김 | 값 8,500원

처음 본 사람인데 와 닿는 느낌이
너무나도 강렬한 사람이 있다.
흔히 하는 말로 '필이 꽂힌 사람',
그래서 잊혀지지 않는 사람,
한눈에 반했다고 하는 것이 바로 그것이다.
이런 인간의 감정을 논하는 데
남녀의 구분이 있을 수 없다.
사랑하는 그, 혹은 그녀를
생각하는 것만으로도 가슴이 두근거린다.
이상할 것 없다. 당연히 그럴 수 있는 것이다.
그렇기에 인간을 감정의 동물이라 하지 않는가.
그러나 그렇게 좋아하는 그 사람이
어느 날 갑자기 싫어지는 경우는 왜일까?

Psychology